가릉빈가

교과 연계

초등 국어 6학년 2학기 1단원 작품 속 인물과 나
초등 사회 5학년 2학기 1단원 옛사람들의 삶과 문화
초등 도덕 6학년 2학기 7단원 크고 아름다운 사랑
중학 국어 1학년 1학기 4단원 예측하며 읽기와 토의(천재교육—박영목)
중학 국어 2학년 1학기 3단원 우리가 만드는 의미(창비)
중학 역사 3단원 통일신라의 문화

청소년 권장 도서 시리즈 5

가릉빈가

2021년 9월 30일 초판 1쇄

글 김희숙   그림 유시연
펴낸이 김숙분   디자인 김은혜   영업 · 마케팅 이동호
펴낸 곳 (주)도서출판 가문비   출판등록 제 300-2005-60호
주소 (06732) 서울 서초구 서운로 19, 1711호(서초동, 서초월드오피스텔)
전화 02)587-4244~5   팩스 02)587-4246   이메일 gamoonbee21@naver.com
홈페이지 www.gamoonbee.com   블로그 blog.naver.com/gamoonbee21/
제조국 대한민국   사용 연령 10세 이상
주의 사항 종이에 베이거나 긁히지 않게 조심하세요.

ISBN 978-89-6902-402-2 43810

가릉빈가

김희숙 글 유시연 그림

가문비
틴틴북스

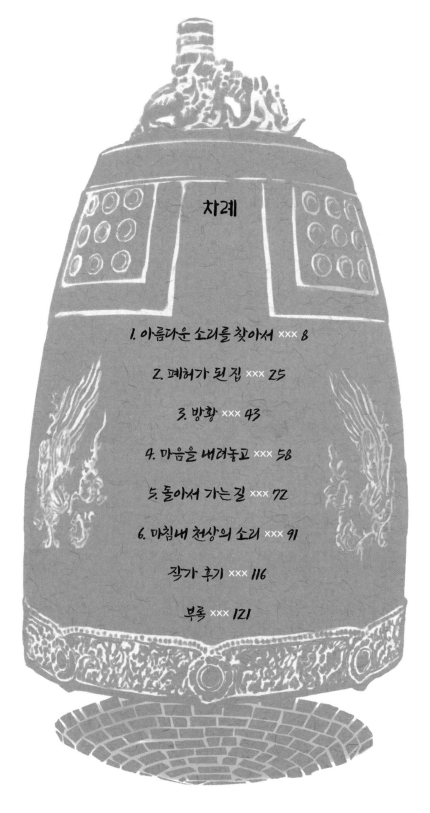

차례

가릉빈가는
경전에 나오는 상상 속의 새다.
새 모양의 몸에 머리와
팔은 사람의 형상이고
용의 꼬리가 달려 있다.
머리에는 새의 깃털이 달린 화관을 쓰고
악기를 연주하는 모습으로 나타난다.
자태가 매우 아름답고 소리 또한 묘하여
묘음조, 호음, 미음조라고도 부르며,
극락에 깃들인다고 하여
극락조라 부르기도 한다.

1. 아름다운 소리를 찾아서

"문양이 왜 이리 조잡한가? 좀 더 정교하게 조각할 수는 없는 것인가?"

가릉은 범종에 붙일 문양을 조각한 나무판을 들여다보며 역정을 냈다. 문양을 조각하던 사람들이 머리를 긁적이며 어쩔 줄 몰라 했다.

"이 사람아! 이 정도면 수준급이지."

옆으로 다가온 길석이 장난스럽게 말을 받았다.

"종소리는 그냥 소리가 아니야. 종의 형태와 문양과 사람의 정성이 어울려져 아름다운 소리를 담아내는 천상의 노래란 말일세."

"내 말이! 그래서 문양에 가릉 자네의 노련한 쇳물 붓는 솜씨를 더해, 신라에서 나름 아름다운 소리를 내는 종을 만드는 집단 중 하나가 아니던가."

"어휴! 복장[1] 터져!"

가릉은 문양을 옆으로 밀어내고는, 손으로 가슴을 툭툭 치며 한숨을 푹 쉬었다.

"자네는 최고가 아니면 안 된다는 그 생각을 버려야 해."

길석은 가릉의 어깨를 토닥거렸다. 가릉은 길석을 뒤로하고 불이 활활 타오르는 도가니로[2]를 살펴보고는 계곡으로 발을 옮겼다. 얕은 계곡에 다다르자 가릉은 너럭바위에 올라가 앉았다. 가슴이 답답할 때면 찾아오는 곳이었다.

"돌돌돌, 쪼르르륵! 샤라락……."

계곡물 소리가 시원스레 들렸다. 가릉은 물소리에 귀를 기울이며 물속을 자세히 들여다보았다. 바닥에 깔린 돌의 모양과 크기에 따라 돌을 넘거나 휘돌아 흐르는 물소리가 달랐다.

---

1) 복장: 가슴의 한복판.
2) 도가니로: 유리나 사기를 녹이는 데 쓰는, 흙이나 흑연 따위로 우묵하게 만든 노.

자기 혼자 애쓰지 않고, 있는 그대로 주변과 자연스럽게 어울려 아름다운 소리를 만들어 내는 계곡물. 가릉은 그 모습이 부러웠다. 그래서 함께 하는 문하생들에게 늘 미안하면서도 한편으로는 아쉬웠다.

'아름다운 소리를 담아내기 위해 왜 좀 더 노력하지 않는 것일까?'

생각할수록 울화가 치밀어 올랐다. 가릉은 한숨을 내쉬고는 일터를 향해 걸음을 옮겼다. 계곡을 따라 터덕터덕 걸어 올라오던 가릉은 문득 걸음을 멈추었다. 문양을 배우는 어린 도제들의 수군거리는 소리가 들렸다.

"가릉 사형[3]은 왜 그렇게 우리를 못 잡아먹어 안달이지? 우리 문양은 신라에서 알아주잖아? 많은 절에서 소리와 문양에 반했다며, 범종을 만들어 달라고 청을 넣을 정도인데……."

"그러게. 어휴! 종을 하나 완성할 때마다 이 무슨 날벼락이냐고."

---

3) 사형: 나이나 학덕이 자기보다 높은 사람을 높여 부르는 말. ↔ 사제

그들의 눈에는 가릉이 이런저런 트집을 잡는 까탈스러운 사람으로 보였다. 누군가가 조심스럽게 말했다.

"더 아름다운 종을 만들자는 뜻이지. 솔직히 가릉 사형이 아니면, 기포[4] 하나 없는 매끄러운 종을 누가 만들 수나 있겠어?"

"그건 인정해. 그렇다고 우리 문양을 흠 잡는 것이 용서가 되는 것은 아니지."

"그럼, 그럼!"

가릉은 남들이 듣지 못하도록 쉬쉬하며 불평을 하는 사제들의 소리를 들으면서 가만히 무릎 앉음을 했다. 그러고는 그들이 자리를 뜰 때까지 기다렸다. 한두 번 들은 말도 아니어서 상처받을 일도 없었다. 다만 더 아름다운 소리를 위해 끊임없이 노력하는 이들과 함께하고 싶은 마음이 커질 따름이었다.

바람 한 점 없는 맑은 날, 가릉은 거푸집[5]의 상태를 꼼꼼히

---

4) 기포: 액체나 고체 속에 기체가 들어가 거품처럼 둥그렇게 부풀어 있는 것.
5) 거푸집: 일정한 형태로 만들기 위해 일시적으로 설치하는 구조물.

살피고 나서, 동 스크랩[6]에 목탄을 덮었다. 그러고는 도가니로에 불을 붙여 동을 녹였다. 이어서 탈산제[7]를 첨가한 뒤에 적당한 양의 주석을 첨가하여 잘 저어 섞었다. 모든 준비가 끝나자, 가릉은 동료와 함께 기포가 생기지 않도록 주의하면서 쇳물을 주형[8] 속으로 쏟아부었다.

기간이 되자, 가릉은 종의 겉 형틀을 떼어냈다. 종은 흠잡을 데 없이 말끔했다. 가릉은 사람들과 함께 종을 고정했다. 수장이 다가와 시험 타종을 했다.

"데-엥---데-엥!"

깨끗한 종소리가 산골짜기로 낮게 퍼져 나갔다.

"성공일세!"

"가릉의 솜씨가 나날이 좋아져, 갈수록 아름다운 소리가 나는구만."

사람들은 웃으며 저마다 한마디씩 했다. 가릉은 조용히 그

---

6) 동 스크랩: 동 부스러기.

7) 탈산제: 녹인 금속으로부터 산소를 없애는 데 쓰는 약제.

8) 주형: 만들려는 물건의 모양대로 속이 비어 있어, 거기에 쇠붙이를 녹여 붓도록 되어 있는 틀.

자리를 벗어났다. 욕심이 지나친 것일까. 다른 사람들이 종
소리를 칭찬할 때마다 가릉의 마음속에는 허허로움이 쌓여갔
다.

　며칠 동안 깊은 생각에 잠겨 있던 가릉은 아내에게 속마음
을 털어놓았다.

　"아무래도 당나라로 가야 할 것 같소."

　"당나라라니, 그게 무슨 말이에요?"

"아름다운 소리를 내는 기술을 배워와야겠소."

"조금 있으면 아기가 태어날 텐데……."

"그래서 계속 망설이고 있었던 것이오."

"조금만 더 생각해 보면 안 될까요? 아주 조금만 더요."

가릉은 아내의 간절한 눈빛에 그만 고개를 끄덕이고 말았
다. 종에 대한 갈증은 컸지만, 아내와 태어날 아기를 위해 지
금처럼 살아도 좋겠다고 생각했다.

어디선가 아름다운 종소리가 들렸다. 아니다. 종소리와 비슷하지만 분명 종소리는 아니다. 오히려 새소리에 가깝다. 대체 무슨 소리이기에 내가 그토록 갈망하는 천상의 소리를 내고 있는 것이지? 세상 풍파에 이렇게 잘도 들뜨고 흔들리는 내 마음을, 저리도 부드럽게 가만가만 어루만지고 달래 줄 수 있단 말인가?

가릉은 눈을 가느다랗게 뜨고 앞을 뚫어지게
바라보았다. 희붐한 안개 속에서 악기를 들고
종소리인 듯 새소리를 내는 아름다운 여인이
보였다. 아니 분명 머리와 팔은 사람인데, 하체
는 새 같기도 하고 용의 꼬리 같기도 했다.

공작새의 깃털로 만든 오색 화관을 쓴 여인은 하늘로 서서
히 날아오르면서 고운 목소리로 노래를 불렀다. 가릉은 여인
이 올라가는 방향을 따라 고개를 치켜들었다. 여인은 점점 작
아지더니 이윽고 구름 사이로 사라져갔다. 하늘에는 여인이

남기고 간 목소리의 여운만이 길게 감돌았다.

가릉은 번쩍 눈을 떴다. 꿈이었다. 가릉은 가만히 일어나 옷깃을 여민 다음 두 손을 모아 합장하고 절을 올렸다.

며칠 동안 꿈에서 들었던 아름다운 소리가 가릉의 귀에서 떠나지 않았다. 가릉은 꿈속의 소리를 잊기 위해 귀를 막아 보거나 일에 열심을 내 보았다. 하지만 이명[9]처럼 들려오는 종소리에 취해 일도 손에 잡히지 않았다. 한 달을 몸부림치던 가릉은 마침내 아내에게 부탁했다.

"짐 좀 챙겨 주구려."

"진짜 가시려고요?"

"당신과 아기에게는 참으로 미안하지만, 당나라에 가서 종 만드는 법을 배워와야겠소."

"그렇다고, 그 먼 나라로 가요? 당신은 여기서도 그런대로 이름을 날리고 있지 않습니까?"

아내는 고개를 숙이고 옷고름만 만졌다.

---

9) 이명 : 바깥 세계에 소리가 없는데도 귀에 잡음이 들리는 현상.

"달포[10] 전에 꿈속으로 찾아들었던, 이 세상에서 가장 아름다운 소리를 내는 종을 만들어야겠소."

"그런다고 누가 알아주기나 한답니까? 당신이나 나나 또 배 속의 아기도 모두 뼛속까지 천민인 것을……."

아내의 목소리는 점점 작아지더니 끝에 가서는 입에서만 우물우물 맴돌았다. 가릉은 미안함을 감추고 강경한 어조로 말을 막았다.

"그래야만 내 마음이 안식을 얻을 수 있을 것이오. 간단하게 꾸려 주구려. 당신과 아이를 생각해서 되도록 빨리 돌아오리다."

아내는 더 이상 말을 못 하고 주섬주섬 짐을 챙겼다. 가릉은 아내가 챙겨 준 괴나리봇짐을 등에 지고 집을 나섰다.

"잠깐, 여보. 아기 이름이나 지어 주고 가셔요."

아내가 급히 따라나서며 가릉을 불렀다. 가릉은 울 밑에서 잠시 생각에 잠기더니, 아내에게 말했다.

"아이를 낳으면 '빈가'라고 하시오. 훗날 아이와 내가 어울

---

10) 달포: 한 달이 조금 넘는 기간.

　려 가장 아름다운 소리를 내는 종을 제작할 것이오.”

　말을 끝내자마자 가릉은 성큼성큼 걸어 동네 어귀를 벗어

났다. 아내는 볼을 타고 흐르는 눈물을 옷고름으로 닦아내며

가릉의 뒷모습만 지켜보았다.

　가릉은 여러 사람을 통해 알아 두었던 전라도 쪽으로 방향

을 정했다. 당나라로 가는 길은 서라벌 부근만 해도 동래(부산) 등 여러 항구가 있지만, 난파[11]의 위험을 무릅쓰고 싶지 않았다. 더구나 서해의 바닷길은 바람과 조류의 영향으로 당나라까지 빨리 가는 지름길이라고 했다. 따라서 가릉은 안전하고 빠르며 경비 절약까지 가능한 영암 구림 상대포로 향했다.

　가릉은 상대포에서 배를 타고 신안을 지나 당나라로 갔다. 그러나 당나라는 가릉이 생각한 것만큼 녹록한[12] 곳이 아니었

---

11) 난파: 배가 항해 중에 폭풍우 따위를 만나 부서지거나 뒤집힘.
12) 녹록한: 평범하고 보잘것없는.

다. 물어물어 찾아간 곳에서 기술이 뛰어난 장인을 만나기는 했지만, 제자가 되기는 쉽지 않았다. 처음부터 다시 시작하는 마음으로 겨우 제자가 되기는 했지만, 그들과 어울려 생활하는 것이 만만하지 않았다. 종을 만드는 주류 집단에 끼는 것은 더더욱 호락호락하지 않았다.

어떤 때는 그냥 집으로 돌아가고 싶은 생각이 들었다. 그때마다 가릉은 아내와 빈가를 떠올렸다.

'혼자 아기를 키우느라 고생할 당신을 생각하며 이 어려움을 이길 것이오. 우리 아기에게 떳떳한 아비가 되기 위해서라도 기필코 이겨내고야 말겠소.'

가릉은 두 손을 불끈 쥐고 다시금 의지를 불태우곤 했다.

몇 년이 지나고 나서야 가릉은 겨우 종 제작 구성원이 되었다. 가릉은 할 수 있는 한 최대의 기량을 발휘해 좀 더 세련되고 아름다운 첫 종을 제작했다.

"에게! 무슨 종이 항아리를 엎어놓은 것처럼 생겼지? 우리가 만든 것을 봐! 이렇게 종 끝부분이 여덟 팔자 모양으로 벌어져야지. 그래야 소리가 멀리까지 퍼져나간다고."

지켜보던 문하생들이 이런저런 소리를 하며 참견했다. 가릉은 말없이 한 손에 종을 들고 타종을 했다.

"데엥……."

종 안에 소리가 모아져, 다른 문하생들이 만든 종보다 좀 더 긴 여운을 남기며 퍼져나갔다. 가릉의 입가에 저절로 웃음이 피어났다. 몇 년 만에 제작해 본 종소리가 무척이나 반가웠다.

"흥! 소리만 길게 나면 다야?"

"신라에서 나름 유명세가 있다고 해서 기대했는데, 별것 아니네."

문하생들이 이번에는 종소리를 가지고 트집을 잡았다.

가릉은 그들을 보며 지난날 고국에서 문양 제작진에게 역정을 내던 자신의 모습을 떠올렸다. 이들처럼 시기를 낸 것은 아니지만, 열심히 노력하던 그들을 몰아붙인 것은 아주 민망한 일이었다.

그날부터 가릉은 그저 묵묵히 종 제작에만 최선을 다했다. 많은 시간이 지나자, 가릉의 재능을 인정한 스승이 자신의 기술을 전수해 주었다. 가릉은 최선을 다해 종이에 문양을 도안하고, 그 도안에 따라 열심히 종을 만들었다.

처음에는 종을 제작할 수 있다는 것만으로도 행복했다. 그러나 가릉은 종을 만들수록 심한 갈증을 느꼈다. 지금보다 더 아름다운 소리를 만들 수 있을 것만 같았다. 그래서 더욱더 종 만드는 일에 혼신의 힘을 쏟았다. 아내와 빈가를 뒤로 하고 유학길에 오른 이유가 바로 천상의 소리를 만들어 내기 위함이 아니었던가.

세월이 흐르자, 가릉의 종 제작 기술은 당나라의 구석구석까지 소문이 났다. 부잣집이나 신흥 사찰에서 종을 만들어 달라는 주문이 빗발쳤다. 그들은 가릉이 정성을 쏟아 만든 종을 보고 감탄했다. 그리고 은은히 울리는 종소리에 깊이 감동했다.

신라를 떠나온 지 어느덧 열두 해가 지났다. 가릉은 그제야 항간의 소문에 휩쓸리지 않고 자신이 원하는 종을 만들기 위해 노력하는 경지에 이르렀다. 그러자 아내와 얼굴도 모르는 빈가가 더욱더 그리워졌다.

2. 폐허가 된 집

가릉은 고향을 떠나올 때처럼 괴나리봇짐을 메고 신라로 향했다. 순조로운 항해 길에 가릉은 자주 아내와 자식을 떠올리며 행복한 미래를 꿈꾸었다.

배가 상대포에 닿자, 가릉은 가벼운 마음으로 고향을 향해 걸었다. 복숭아가 익어갈 무렵, 가릉은 낯익은 고향 동네 어귀에 들어섰다. 가끔 동네 사람들이 쳐다보기는 했지만, 얼굴을 알아보는 사람은 없었다.

가릉은 집을 향해 부지런히 걸었다. 마침내 저만치 반가운 집이 보였다. 들뜬 얼굴로 집을 향해 걷던 가릉은 그만 그 자리에 우뚝 서고 말았다. 집을 둘러싼 돌담이 반쯤 무너져 있

었다. 가릉은 돌담을 돌아 한달음에 집 안으로 달려 들어갔
다. 마당에는 어른 키만 한 쑥대 사이로 억새가 자라 있었고,
부서져 내린 방 문짝은 창호지가 찢긴 채 문살을 드러내고 있
었다.

솟아오르는 불안감을 애써 누르며, 가릉은 후다닥 방으로
뛰어 들어갔다. 두껍게 깔려 있던 방바닥의 먼지가 날아올랐
다. 천장 사이로는 하늘이 드러나 보였다.

'이건 꿈이야. 그래, 나는 지금 나쁜 꿈을 꾸고 있는 거야.
깨고 나면 허허 웃고 말겠지.'

가릉은 다리가 후들거려 댓돌 위에 털썩 주저앉았다.

"거기 누구요?"

갑자기 칼칼한 목소리가 들려왔다. 가릉은 얼른 고개를 돌렸다. 옆집 담장 위로 얼굴을 내민 노인이 가릉을 위아래로 훑어보고 있었다.

"여긴 뭐 하러 왔수?"

노인이 또다시 물었다. 가릉은 민망한 웃음을 지으며 노인에게 다가갔다.

"길석이 아버님!"

"누, 누구여? 누군데 나를 안단 말이여?"

"이 집에 살던 가릉입니다."

"뭐, 가릉? 젊은 날에 당나라로 떠났던?"

노인의 눈이 왕방울만 하게 커지더니, 가릉의 위아래를 몇 번이나 훑었다.

"그렇구먼. 가릉이 맞구먼."

노인이 원망 섞인 목소리로 중얼거렸다.

"그동안 무고하셨지요?"

"이제 갈 때라곤 한 군데밖에 없는 사람이니, 그저 그렇지 뭐."

"길석도 무탈하고요?"

"길석이야 잘 있네만……."

노인은 말끝을 흐렸다. 가릉은 목소리를 죽이며 살며시 여쭈었다.

"그런데 저희 집사람은 어디 가고, 집이 이 모양인가요?"

"그건 조금 있다 이야기하기로 하고, 이쪽으로 건너오게나."

"아닙니다. 우리 집에 무슨 일이 있었습니까? 먼저 말씀해 주시지요."

"이 사람, 성질 급한 것은 여전하구먼. 하여튼 이리 좀 건너오게."

노인이 돌아서자, 가릉은 묻고 싶은 충동을 꾹 눌러 참으며 옆집으로 따라 들어갔다.

부엌에서 일하던 길석이 아내가 반색을 하고 뛰어나오더니 한쪽으로 돌아서며 앞치마로 눈가를 닦았다. 가릉은 노인을 따라 방으로 들어가자마자 성급하게 물었다.

"저희 집사람은 어디 있습니까?"

노인이 가만히 눈을 감았다. 가릉은 무릎을 꿇고 노인의 말을 기다렸다. 한참 후 노인이 눈을 뜨더니, 입을 열었다.

"자네 집사람, 혼자서 딸자식을 낳아 기르느라 고생이 이만저만이 아니었지. 가뭄이 계속되는데도, 나라에서는 세금을 징수해 가고……. 뭐라고 말로 표현할 수 없을 정도로 우리 모두가 무척 힘들 때였구먼."

"딸애였군요."

가릉은 노인의 말에 귀를 기울이며 중얼거렸다. 노인은 가릉의 얼굴을 살피며 이야기를 시작했다.

가릉이 떠난 후 아내는 예쁜 딸을 낳았다. 당시 나라의 형편이 어려운데도, 귀족들은 부를 축적하는 데만 혈안이 되어 있었다. 엎친 데 덮친 격으로 흉년이 들어서 백성들은 그저 한 끼라도 때우면 고마울 따름이었다.

그런데도 나라에서는 종을 제작하고 있었다. 모든 사람이 종소리를 듣고 마음을 가꿀 수 있다면, 그 인연으로 선왕[13]인 성덕 대왕과 소덕태후가 극락왕생[14]한다는 믿음 때문이었다. 따라서 집집마다 세금의 부담이 적지 않았다. 그러니 가장이 떠나고 없는 가릉의 집은 꼴이 말이 아닐 수밖에 없었다.

소식도 없는 남편을 기다리며 하루하루를 버티는 것이 아내에게는 사는 것이 전쟁이었

---

13) 선왕: 선대의 임금. 곧 지금의 왕 바로 직전에 죽은 왕.
14) 극락왕생: 죽은 후 괴로움과 걱정이 없는 안락하고 자유로운 세상에서 다시 태어남.

다. 빈가는 젖 달라고 떼를 쓰는데, 나무껍질을 먹고 있는 아내에게 젖이 나올 리 없었다. 하루는 모처럼 아내가 빈가를 안고 마루에 앉아 있는데, 탁발승이 찾아왔다.

"적선[15] 하십시오."

"보다시피 재산이라고는 이 아기뿐입니다. 이 아기가 무슨 보시[16]가 되겠습니까?"

아내는 빈가를 훌쩍 들어 보이며 농담을 하였다.

"나무 관세음보살!"

탁발승은 슬쩍 고개를 숙이고는 떠나갔다.

---

15) 적선: 동냥질에 응하는 일을 좋게 이르는 말.
16) 보시: 불교에서 자비심으로 남에게 재물을 베푸는 일.

보름 후, 신종이 완성되었다. 사람들은 하던 일을 멈추고 신종의 종소리에 귀를 기울였다. 그러나 종소리는 그들이 기다리던 종소리가 아니었다. 깨어지고 금이 가서, 종이 내는 소리는 쇳소리에 불과했다. 그러자 서라벌에 이상한 소문이 나돌기 시작했다.

"종소리가 들리지 않는 것은 정성이 부족해서래."

"마음이 깨끗한 아이를 바치면 종소리가 들릴 거라던데?"

"하긴 세상에서 아이 영혼만큼 깨끗한 것이 어디에 있겠어?"

"그렇지만 누가 자식을 내놓을까?"

사람들은 모이기만 하면 수군거렸다.

나라에서는 신종 제작을 다시 시작했다. 그러나 실패의 연속이었다. 정성을 다해 종 틀에 쇳물을 부어 넣었지만, 그때마다 종에 금이 가거나 기포가 생겼다. 실망한 경덕왕은 시름시름 앓더니, 그만 세상을 떠나고 말았다.

8세의 어린 나이로 보위에 오른 혜공왕은 선왕의 뒤를 이어 신종의 완성을 재촉하였다. 온 나라 안이 벌집을 쑤셔놓은 듯 술렁거렸다.

사방이 온통 회색빛 그림자처럼 희미했다. 길도 아닌 곳에서 아내는 방향을 잃고 그저 망연히 서 있었다. 도대체 무엇을 하려고 했는지 어디를 향해 가고 있는지, 아무 생각도 나지 않았다. 다만 무엇에 짓눌린 듯한 답답함과 이유를 알 수 없는 두려움에 마음이 불안에 휩싸였다.

그때 안개를 뚫고 누가 다가왔다. 아내는 반사적으로 몸을 움찔했다. 한 명, 두 명, 세 명, 사람이 점점 불어나더니 어느 순간 빈가를 독수리처럼 훅 낚아채 갔다. 아내는 무의식적으로 그들에게 달려들었지만, 몸이 따라주지 않았다. 그들은 빈가를 데리고 어느새 사라져 버렸다. 아내는 빈가가 사라진 안개 속에서 커다란 금속 물체가 천천히 땅 위로 솟아오르는 것을 보았다.

꿈이었다. 아내는 얼른 옆을 살폈다. 새벽빛 속에 죽은 듯이 자고 있는 빈가가 보였다. 아내는 빈가를 덮고 있는 포대기를 다독거린 다음, 부엌으로 들어가 찬물 한 바가지를 단숨에 들이켰다. 어찌 꿈이 이다지도 뒤숭숭하고 꺼림칙할까. 무슨 좋지 않은 일이 생길 것만 같은 꿈이 아닌가.

오전 내내 일이 손에 잡히지 않았다. 아내는 넋 놓고 마루

에 앉아 까닭 모를 두려움을 몰아내느
라 가슴을 연거푸 내리쳤다.

　　　정오 무렵, 지난번 공양 왔던 탁발
승이 한 무리의 병사들과 함께 아내를 찾아왔다. 아내는 가슴
이 철렁 내려앉았다. 탁발승은 머뭇거리더니 이내 민망한 얼
굴로 입을 열었다.

　"시주[17]를 받으러 왔습니다."

　"저, 우리 집은 가난해서 시주할 것이 없다니까요."

　아내는 병사들의 눈치를 살피며 말꼬리를 흐렸다.

　"지난번에 아기가 무슨 보시가 되겠냐고 하셨지요? 오늘
아이를 데리러 왔습니다."

　"예? 뭐, 뭐라고요?"

---

17) 시주: 불교에서 자비심으로 조건 없이 절이나 승려에게 물건을 베풀어 주는 일.
또는 그 일을 한 사람.

아내의 얼굴에서 핏기가 싹 사라졌다. 아내는 후다닥 방안으로 뛰어 들어가 재빨리 잠든 빈가를 품속에 감추었다.

"부처님을 속일 수는 없는 법, 아이를 시주하시오."

"내가 언제 그런 말을 했다고요. 나는 아무 말도 안 했어요. 참말이에요."

아내가 몸을 웅크렸다. 뒤따라 들어온 병사들이 달려들어 아내의 품에서 빈가를 낚아챘다. 잠이 깬 빈가가 악을 쓰며 울어댔다.

"안 돼요, 안 돼! 우리 아이 못 데려가요!"

아내는 빈가를 쫓아가려 했다. 그러나 남은 병사들이 아내의 양팔을 붙잡는 바람에 꼼짝할 수가 없었다. 아내는 몸부림을 쳤다.

탁발승이 황급히 집을 빠져나갔다. 그 뒤를 따라

병사들이 우르르 몰려나갔다.

"빈가야, 빈가야!"

아내는 울부짖으며 통곡했다. 아이가 시야에서 사라지자, 병사들은 아내 팔을 놓고 서둘러 떠났다. 보이지는 않지만, 큰 소리로 울어대는 빈가의 목소리가 귓전에 맴돌아 그만 아내는 혼절해 버리고 말았다.

눈을 뜨니 어두운 방 안이었다. 옆집에 사는 길석이 아내가 멀건 죽을 써 왔다.

"이거라도 먹고 기운을 차려야지, 어쩌겠는가?"

"아기를 뺏긴 년이 살아서 뭐 한대요? 차라리 죽는 게 낫지."

"그런 소리는 하지도 마소. 아이야 또 낳으면 되지 않은가? 빈가 아빠가 돌아올 때까지 굳건히 버텨야지."

아내는 벽을 향해 등을 돌리고 하염없이 눈물만 흘렸다.

빈가를 잃은 아내는 두어 달 동안 방안에 죽은 듯이 누워 있었다. 그러다 허기를 견디지 못해 뭔가 먹을 것을 찾으러 산으로 올라갔다. 서라벌 북쪽에 자리한 산이라서 그런지, 한참 동안 헤맸지만 먹을 것을 구할 수 없었다. 아내는 능선에 앉아 멍하니 하늘을 올려다보았다. 저만큼 먹구름이 얹어 있었다.

사시(9-11시)가 끝나갈 무렵, 먹구름이 몰려오기 시작했다. 아내는 서둘러 산을 벗어났다. 봉덕사 사찰 부근에 도착하니 소나기가 후드득 쏟아지기 시작했다. 아내는 사찰 담 밑으로 비를 피해 들어갔다.

금방 흙탕물이 골을 타고 흘렀다. 아내는 쪼그리고 앉아 흘러내려 가는 물줄기에 눈을 주었다. 하늘에 커다란 구멍이라도 뚫린 듯, 소나기는 무섭게 쏟아지고 있었다.

이윽고 소나기가 그치자, 아내는 사찰을 벗어나 질퍽한 길을 걷기 시작했다.

"데-엥! 데-앵! 애앵……."

비가 온 탓인지 오시(11-13시)를 알리는 종소리가 땅 위로 낮게 퍼지며 오솔길을 내려오는 아내의 귀에 들려왔다.

"데-엥! 데-앵! 애앵…….에……."

아내는 철렁 내려앉은 가슴을 쓸며 걸음을 멈추고 종소리에 귀를 기울였다.

"데-엥! 데-앵! 에밀레……."

깊고 장중하게 울리는 소리 끝에 나지
막한 아기 울음소리가 들려왔다. 분명 아
직 말도 제대로 못하는 빈가가 엄마를 원
망하여 부르는 소리였다.

숨도 크게 쉬지 못한 채 귀 기울여 듣
고 있던 아내는 그만 정신이 확 달아나 버리고
말았다. 아내는 본능적으로 종소리가 나는 쪽
으로 달려가기 시작했다.

종소리가 그친 후, 아내는 사찰에 도착했다. 아내는 종루
가까이에 가서 신종을 들여다보며 히죽히죽 웃었다.

"아가, 우리 아가. 엄마야, 엄마. 엄마가 왔네."

아내는 살아 있는 빈가에게 말을 하듯 속삭였다. 그러다가
갑자기 악을 썼다.

"누가 우리 아기 빼앗아 갔어? 아가, 아가, 우리 아가!"

아내는 울음을 토했다. 종루 주위에 있던 몇 사람이 아내를
쳐다보며 쑥덕거렸다. 아내는 무심코 주위를 둘러보다가 움
찔 놀라며 두 손으로 머리를 감싸고 마구 도망을 쳤다.

"잘못했어요, 잘못했어요. 다시는 안 그럴게요."

밑도 끝도 없는 말을 뱉으며 아내는 무작정 사찰 밖으로 뛰쳐나갔다. 그 후로 아내는 이곳저곳을 헤매고 다녔다. 그런데도 하루에 한 번은 꼭 신종 종루 옆으로 가서 쪼그리고 앉아 있다가 집으로 돌아오곤 했다.

그러던 어느 날 밤, 마른번개가 치더니 장대비가 쏟아졌다. 천둥소리에 잠이 깬 아내가 수건을 머리에 뒤집어쓰고 밖으로 달려 나갔다.

"아가! 우리 아가가 얼마나 무서울까."

아내는 그저 빈가만을 생각하며 동네 어귀를 벗어났다. 하지만 깜깜한 밤길에 정상이 아닌 아내가 길을 찾기란 쉬운 일이 아니었다. 아내는 그저 논두렁을 따라 계속 걸었다.

간간이 비쳐주는 번갯불 사이로 주위가 살짝 밝아졌다 다시 어두워졌다. 이미 머리에 쓴 수건은 사라져 버렸고, 장대비는 아내의 얼굴에 사정없이 부딪쳐 와 눈도 뜨지 못하게 만들었다. 어디로 가고 있는지 목적지도 잊어버린 아내는 논두렁 끝을 돌아 무작정 앞으로 걸었다. 그러다 어느 순간, 발을 헛디뎌 둑 밑으로 굴러떨어지고 말았다.

다음 날 동네에서는 간밤에 아내가 사라진 것을 알았고, 며칠 뒤에 옆 동네 저수지에서 아내의 시신을 찾았다.

천천히 이야기를 마친 노인이 가릉을 향해 말을 이었다.
"그 후로 자네 집은 폐허가 되고 말았네."
"그, 그럴 리가, 그럴 리가요……."
말을 잇지 못하던 가릉이 방문을 박차고 뛰쳐나갔다. 노인
은 혀만 끌끌 찼다. 가릉은 다시 집 마당으로 뛰어 들어가며
소리쳤다.
"임자! 나 왔소. 내가 돌아왔소! 어서 나와 보구려!"
가릉의 떨리는 목소리가 빈 마당을 돌아 담장 밖으로 사라
져 갔다. 가릉은 바람에 흔들리는 쑥대를 쳐다보다 갑자기 몸
을 돌려 저수지를 향해 달렸다. 논두렁을 지나고 옆 동네를
지나서 산어귀에 접어들자 저수지가 보였다.
'이렇게 손바닥만 한 저수지에서 내 아내가…….'
생각할수록 기가 막혀, 가릉은 그만 둑에 다리를 뻗고 주저
앉아 버렸다. 머릿속이 텅 비어 아무 생각도 나지 않았다. 가
릉은 저수지만 물끄러미 내려다보며 그렇게 앉아 있었다.
"호오 호케꼬, 케꼬 케꼬!"

어디선가 휘파람새 소리가 들려왔다. 가릉은 무심한 눈빛으로 주위를 한 번 둘러본 후, 일어나 터벅터벅 집으로 돌아왔다. 가릉이 돌아왔다는 소식을 들은 길석이가 찾아와 함께 길석이네로 향했다.

가릉은 길석이와 잠깐 이야기를 나눈 후, 저녁도 먹는 둥 마는 둥 하고, 노인의 방으로 들어가 순식간에 정신없이 곯아떨어졌다.

3. 방황

가릉은 벌겋게 상기된 얼굴로 비탈길을 올랐다. 굽어진 오
솔길을 몇 번 돌자, 저만치 아침 안개 사이로 사찰이 보였다.
가릉은 금방이라도 숨이 끊어질 듯 거친 숨을 몰아쉬며 뛰다
시피 걸었다.

가릉은 일주문을 지나 천왕문으로 들어섰다. 새벽 예불을
끝낸 몇 몇 수도승이 대웅전 앞에서 왔다 갔다 하는 모습이
보였다. 가릉은 정신없이 두리번거리며 불이문을 향해 걸었
다.

"시주님, 무슨 일로 오셨습니까?"

막 불이문에서 나오던 붉은 뺨의 사미
승[18]이 합장하며 물었다.

"종…종은 어디 있소?"

가릉은 속에서 뭔가 넘어오는 것을 꿀
꺽 삼키며 다그치듯 물었다.

"종이라면 저쪽에 있습니다만……."

사미승은 불이문 너머 왼쪽 편을 가리
켰다. 가릉은 사미승이 가리킨 방향으로
한달음에 내달았다. 사미승이 고개를 갸
웃거리다 가릉의 뒤를 따랐다. 가릉은 종
각 앞에서 걸음을 멈추었다.

그리고 자기도 모르게 입을 떡 벌리고
말았다. 종을 깨뜨려 버리고 싶었던 마음
은 어느새 사라지고 없었다.

가릉은 눈을 크게 뜨고 종을 쳐다보았
다. 구름 위에 무릎을 꿇고 앉아 하늘 옷

---

18) 사미승: 수행하고 있는 어린 남자 승려.

을 날리며 악기를 연주하는 비천상.

가릉은 얼빠진 모습으로 비천상의 얼굴을 뚫어지게 바라보았다. 순간 비천상은 고통에 일그러진 아내의 얼굴로 변하여 귀를 후벼파는 날카로운 음을 토했다. 가릉은 짧은 비명과 함께 앞으로 꼬꾸라지고 말았다.

"시주님!"

사미승이 깜짝 놀라 소리 질렀다.

창문으로 뜰 안의 잣나무 그림자가 슬쩍 드리울 무렵, 가릉은 눈을 떴다.

"정신이 좀 드십니까?"

가릉의 옆에서 반가움이 깃든 목소리가 들렸다. 가릉은 서서히 소리 나는 곳으로 눈을 돌렸다. 불이문 밖에서 만났던 사미승이 가릉을 내려다보고 있었다. 가릉은 대체 어찌된 일인지 얼른 생각이 나지 않았다. 사미승이 입을 열었다.

"종각 옆에서 혼절하기에 이쪽으로 모셨습니다. 이제 깨어나셨으니, 먹을 것을 좀 가져오겠습니다."

사미승이 나가자, 가릉은 초점 흐린 눈으로 천장을 올려다보았다. 가만히 있자니 아침에 있었던 일이 정리됨과 동시에, 비천상이 떠올랐다. 가릉은 천장 한곳에 눈을 고정했다.

가릉의 몸에서 신열이 났다. 가릉은 마른 솜에 물이 스며들 듯 서서히 아득한 천길 나락으로 떨어져 내려갔다.

한참 후, 미음 그릇을 들고 사미승이 들어왔다. 가릉은 문이 열리는 소리를 듣고도 몸을 꼼짝할 수 없었다.

가까이 다가온 사미승이 가릉의 이마를 짚더니 후다닥 밖으로 뛰쳐나갔다.

잠시 후 사미승 대신 염주 꾸러미를 든 스님이 들어왔다.

"나무 관세음보살!"

가릉은 열에 들뜬 눈으로 천장만 뚫어지게 쳐다보았다.

부처님이시여!

관세음보살은

어떠한 인연으로

이름을 관세음이라 하시나이까.

창호지로 스며든 햇빛이 방안 깊숙이 들어왔다. 스님은 눈을 감고 염주 알을 돌리며 계속 똑같은 속도로 '관세음보살 보문품'을 외웠다.

> 만약 사람들이 괴로움을 받게 될 때
>
> 한마음 한 뜻으로 그 이름을 일컬으면
>
> 관세음보살이 그 음성을 듣고
>
> 그들을 모든 괴로움으로부터
>
> 벗어나게 하시느니라.

소나기처럼 퍼붓던 풍랑이 물러가자, 가릉의 귀에 스님의 독경소리가 들려왔다. 그 소리에 가릉의 마음이 차분해져 갔다. 스님이 독경을 멈추더니 물었다.

"미음을 좀 드시겠는가?"

가릉은 조용히 고개를 옆으로 돌렸다.

"그럼, 눈을 좀 더 붙이시게."

스님의 나지막한 목소리가 가릉의 가슴에 봄비처럼 촉촉이 젖어 들었다. 가릉은 스님께 감사하다는 눈빛을 보내고 가만히 눈을 감았다. 스님이 조용히 자리를 물러났다.

그로부터 며칠 동안은 시간이 정지된 듯했다.

가릉은 새벽 예불 소리에 잠을 깨 이산 저산을 미친 듯이 헤매다가 해질 무렵이면 땔감을 업고 사찰에 나타나곤 했다.

뜰 안 잣나무에 잔잔한 바람이 일던 어느 날, 가릉은 대웅전 앞을 지나다가 낮게 들려오는 염불소리에 걸음을 멈추었다.

소나기가 오려는지 바람은 한 차례 더운 기운을 뿌리고 사라지는데, 목탁 소리와 어울러 들려오는 염불 소리가 시퍼렇게 멍든 가릉의 가슴속을 후비었다.

가릉은 조심조심 대웅전 안으로 들어갔다. 은은한 향냄새 속에서 스님이 가부좌를 틀고 눈을 감고 염불을 외우고 있었다. 가릉은 조용히 한편에 무릎을 꿇었다.

부처님이시여!

이제 저희가 다시 묻사옵나니

믿는 사람이 어떤 인연으로

관세음보살이라 하시나이까?

고개를 들어 부처를 바라보았다. 부처는 엷은 웃음을 머금고 있었다.

이제 너에게 간략하게 설명하노니,

이름을 듣거나 몸을 보거나

마음껏 섬기어서 지성을 다하면

이 세상 모든 고통을 멸해 주리라.

가릉은 무릎으로 기어 부처의 정면으로 다가갔다. 진한 향내음이 더욱 더 코끝을 자극했다. 가릉은 부처 앞에 넙죽 엎드렸다.

'오, 대자대비하신 부처님! 저에게도 길을 가르쳐 주소서!'

밤 새 '후드득!' 비는 떨어지는데, 가릉은 열십자로 누운 채 몸부림을 쳤다. 가릉의 옆에서 목탁을 두드리던 큰스님은 여명이 밝아오자 조용히 대웅전을 벗어났다. 가릉은 식음을 전폐하고 온종일 부처님 앞에 앉아 있었다.

다음 날, 이른 새벽에 큰스님이 대웅전을 찾았다. 가릉은 태도를 가다듬었다. 큰스님은 가릉의 옆에 앉아 가부좌를 틀더니 묵상에 들어갔다. 번뇌에 시달리던 가릉의 마음이 다시금 파도를 타기 시작했다. 큰스님은 눈을 지그시 내리 감고 평온한 얼굴로 앉아 있었다. 가릉은 숨소리도 제대로 내뱉기 힘들었다.

대웅전 문지방을 뚫고 햇볕이 사뿐히 들어와 앉았다. 명상에 잠겨 있던 큰스님이 가릉을 향해 입을 열었다.

"무엇이 그대에게 번뇌를 안겨 주는가?"

큰스님의 목소리가 가릉의 가슴속에 천둥처럼 다가왔다.

"무엇이 그대 마음을 잡고 놓아주지 않는가?"

마음을 꿰뚫어볼 듯이 다시 묻는 큰스님의 질문에, 이제껏 막혀 속 시원히 울지도 못했던 가릉의 가슴에서 울음이 터져 나왔다. 한동안 가릉은 꺼억꺼억 울음을 토했다. 옆에서 큰스님은 지그시 눈을 감고 손안에 든 108개의 염주만 돌리고 있었다.

울음이 끝나갈 무렵, 큰스님이 가릉을 바라보았다.

"그대 속에 들어 있는 무거운 짐을 꺼내 놓아 보게."

"큰스님! 저는 지금 살아 있는 목숨이 아닙니다요. 이 세상에서 가장 못난 애비요, 가장 야멸친 남편입지요."

가릉은 붉어진 눈을 들어 부처의 얼굴을 올려다보고는 이야기를 시작했다. 마음을 열고 이야기를 시작하자, 다시금 슬픔과 후회가 복받쳐 올라와 가릉은 간간이 말을 끊었다.

대웅전 깊숙이 햇빛이 비치었다. 스님은 조용히 염주를 돌리며 가릉의 이야기에 귀를 기울였다. 한동안 넋두리를 하던 가릉은 밑바닥에서부터 올라오는 긴 한숨을 쉬면서 이야기를 마치었다.

"……."

큰스님은 아무 말이 없이 염주를 돌렸다.

"큰스님, 저는 전생에 몸과 입과 눈으로 지은 죄가 많아 이 고통을 당한다지만, 아무것도 모르고 비명에 죽어 간 아이나 아내는 어떻게 설명을 해야 하는지요?"

가릉은 또다시 가슴 밑바닥에서 분노가 끓어올라와 큰스님에게 따지듯 물었다.

"그렇게 아기의 목숨을 희생하는 것이 부처님이 원하는 것이었다고요? 부처님이 왜요? 왜 저희 같은 천것들은 높은 분들을 위해서 목숨도 바쳐야 한다고 부처님까지 강요하시는 건데요? 따지고 보면 큰스님부터 이 절에 계신 스님들도 다 책임이 있는 것 아닌가요?"

"나무 관세음보살!"

묘한 감정을 담은 큰스님의 염불 소리에 가릉은 가슴이 미어졌다. 사미승으로부터 들은 말이 생각났다. 이전의 큰스님은 신종을 완성하고 난 다음부터 음식을 끊다시피 하고 대웅전에서 염불만 외우시더니, 어느 날 조용히 입적[19]하셨단다.

19) 입적: 수도승이 죽음.

지금의 큰스님은 다른 절에서 모셔 온 스님이라고 했다.

　눈으로 보고도 보지 못하고
　천지간에 진리의 소리가 진동하여도 듣지 못하는구나.
　그런고로 신종을 달아
　중생[20]들이 진리의 소리를 듣게 하였음이니…….

　가릉은 신종에 새겨진 글 한 부분이 떠오르자 깊은 한숨을 몰아쉬고는, 큰스님을 마주보며 물었다.
　"큰스님, 앞으로 저는 어찌해야 되는지요?"
　"길은 스스로 찾아야 하느니, 나무-관-세-음-보-살-!"
　'길은 스스로 찾아야 한다.'는 큰스님의 말은 오랫동안 가릉을 대웅전에 묶어 두었다.
　유난히 적막한 밤이었다. 대웅전에 앉아 있던 가릉은 비몽사몽간에 아내를 보았다. 아내는 엷은 웃음을 띤 얼굴로 품안에 빈가를 안고 있었다. 가릉은 가만히 눈을 떴다. 고요함이

---

20) 중생: 모든 살아 있는 무리.

온몸을 휘감고 사라졌다. 가릉은 자리에서 일어나 부처님께 절을 하기 시작했다.

"데–엥! 데–엥!–––애앵!––어억!"

새벽 예불을 알리는 종소리가 사찰에 낮게 울려 퍼졌다. 밤새 천 번의 절을 올린 가릉이 종 옆으로 나왔다. 젊은 스님이 종각 기둥에 매어둔 보리수 알을 이쪽에서 저쪽으로 옮기며 타종하고 있었다. 가릉은 종소리에 귀를 기울였다.

"데–엥! 데–엥!–––에밀레 앵!––허어억!"

토란잎에서 또로록 굴러 떨어지는 이슬처럼 맑으면서도 장중한 소리였다. 특히 유난히 긴 소리 끝에 아기 울음소리와 한숨 소리가 섞여 들려오는 여운이 가릉의 마음으로 훅 파고 들어왔다. 가릉은 자기도 모르게 가슴 앞으로 두 손을 모았다. 천상의 소리를 찾아 당나라로 떠났으나, 정작 아름다운 소리를 만들어낸 곳은 고국이었다. 가릉이 그리 답답하게 여겼던 고향 어른과 동료들이 만들어냈던 것이었다.

가릉은 종 누각을 둘러싼 돌 위에 걸터앉았다. 스님들의 낭랑한 새벽 예불 소리가 푸른 새벽을 깨웠다. 잠시 캄캄해지던

사위[21]가 희부옇게 밝아왔다.

가릉은 가만히 신종을 훑어보았다. 푸른빛 동에서 생기는 그 많은 기포를 어떻게 제거했는지, 커다란 신종은 영롱한 소리만큼이나 유려하고 장중했다. 가릉은 홀린 듯 신종을 살펴보기 시작했다.

종의 꼭대기에 자리한 용뉴에는 꿈틀대는 용이 조각되어 있었다. 그 옆에는 세 마디의 대나무 같은 음관이 있었고, 음관에는 덩굴풀이 꼬여서 뻗어 나가는 보상화가 장식되어 있었다.

상대에 붙은 유곽 내에는 9개의 유두가 연꽃 모양으로 새겨져 있고, 종복에는 2대의 당좌와 2군의 비천상이 서로 대칭되게 그려져 있었다.

다른 무엇보다 가릉의 마음이 가장 끌린 것은 아내를 떠올리게 만들었던 비천상이었다. 천상의 소리를 들려주던 꿈속 여인을 연상시키는 비천상. 지난날에 악기로 착각했던 손잡이 달린 향로를 들고 연꽃 모양의 좌대 위에 무릎을 꿇고 기

---

21) 사위: 사방의 둘레.

도하는 비천상.

　보상화에 둘러싸인 비천상은 구름
처럼 기다란 천 조각을 하늘로
모두 날려 보내고 있었
다. 가릉은 비천상 위
에 아내의 모습을 겹
쳐보면서 자꾸만 고
개를 끄덕였다.

4. 마음을 내려놓고

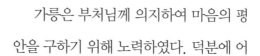

가릉은 부처님께 의지하여 마음의 평안을 구하기 위해 노력하였다. 덕분에 어떤 날은 마음이 고요해지고 차분해지며 걱정이 사라지는 듯했다. 그렇지만 많은 날들이 폭풍우 치는 바다처럼 변덕스럽게 요동을 쳤다.

가릉은 큰스님의 지도 아래 마음을 내려놓는 연습을 했다. 하지만 그것이 그렇게 쉬운 일은 아니었다. 가릉은 자신을 채찍질하며 마음을 다잡으려고 더욱 노력하였다. 그러나 그럴수록 마음의 동요는 더 큰 파도를 만들어냈다.

무더운 바람이 훑고 지나가던 날, 가릉은 사찰에서 뛰쳐나

왔다. 그러고는 무서운 짐승이나 도적들의 걱정은 아예 잊은

듯, 거친 산을 타고 다니면서 자신을 함부로 굴렀다. 갈수록

가릉의 몸은 말이 아니었다.

　병풍을 헤집고 들어가듯 좁다란 길을 지나자, 여울이 나왔

다. 가릉은 여울을 건너 능선을 따라 올라갔다. 한참 올라가

니 잘 닦여진 길이 나왔다. 가릉은 그곳에서 탈진[22]하여 쓰러

지고 말았다.

---

22) 탈진: 몸의 기운이 다 빠져 없어짐.

가릉은 마루에 걸터앉아 마당을 내려다보았다. 마당 한가운데에서 아내가 가릉을 향해 살포시 웃음을 보냈다. 가릉은 저도 모르게 벌떡 일어났다. 아내의 뒤에서 빈가가 고개를 쏘옥 내밀더니 아내의 치마폭을 잡고 돌았다. 아내도 빈가가 이끄는 대로 발을 옮기며 함께 돌기 시작했다.

가릉은 아내와 빈가를 향해 서둘러 다가갔다. 순간 빈가는 가릉과 아내 사이를 쓰윽 지나쳐서 저만큼 물러났다. 그리고는 잠자리처럼 손을 옆으로 벌리고 마당을 이리저리 돌아다녔다.

"빈가야! 이리 온!"

가릉은 무릎 앉음을 하고 빈가를 향해 두 손을 벌렸다. 미안한 마음을 담아 으스러지게 안아 줄 참이었다. 빈가는 가릉의 말을 들은 체 만 체 제자리에 서서 이번에는 혼자 빙글빙글 돌았다. 가릉은 빈가를 향해 종종걸음을 쳤다.

돌기를 멈춘 빈가가 가릉을 쳐다보았다. 분명 환한 햇살이 사방으로 뻗치고 있는데, 빈가의 얼굴이 자세히 보이지 않았다.

애가 탄 가릉은 빈가에게 바투 다가가 두 손으로 빈가의 어깨를 잡았다. 하지만 얼굴을 보기도 전에 빈가는 가릉의 두 손에서 연기처럼 사라져 버렸다. 얼른 고개를 돌려 아내를 쳐다보았다. 아내는 책망하는 표정으로 가릉을 마주 보더니 하늘로 둥둥 올라갔다.

"임자!"

가릉은 아내를 잡고자 발을 동동거렸다. 몸이 조금 떠오르는 듯했다. 그때였다.

"때앵– 땡–!"

가릉은 깜짝 놀라 눈을 떴다. 눈앞에 회색 연기가 깔린 듯이 아무것도 보이지 않았다. 가릉은 재빨리 눈을 감고 말았다.

'저승이구나.'

저승이 아니라면 아내와 빈가를 만날 리가 없었다.

"때앵– 땡–!"

또다시 소리가 들려왔다. 종소리였다. 세련된 소리는 아니지만, 분명 종소리였다. 가릉은 슬쩍 눈을 떠 보았다. 회색 안개가 서서히 물러나면서 제일 먼저 칙칙한 천장이 보였다. 가릉은 살그머니 고개를 돌려보았다. 짙은 회색빛 천으로 둘러싸인 움막 안에 자신이 누워 있었다.

"때앵- 땡-!"

종소리는 천막에서 조금 떨어진 곳에서 들려왔다. 가릉은 종소리에 귀를 기울였다. 종소리는 더 이상 들려오지 않았다. 가릉은 가만히 일어나 앉았다. 얇은 천 옆에 물이 담긴 투박한 그릇이 놓여 있는 것이 보였다.

'누군가가 구해 주었구나. 모진 것이 사람 목숨이라더니 덕분에 나는 이렇게 칡처럼 질긴 목숨을 계속 이어가게 되는구나.'

가릉은 숨을 가다듬고 자리에서 일어나 밖으로 나왔다. 따스한 햇빛이 눈 속으로 훅 파고 들어왔다. 가릉은 한 손을 들어 빛을 가린 후, 눈을 가늘게 뜨고 앞을 바라보았다. 저만큼에서 몇몇 사람들이 이리저리 움직이고 있는 모습이 보였다. 가릉은 설치된 기물들을 슬쩍 훑어보았다. 종을 만드는 곳이라는 것을 금방 알 수 있었다.

'종을 떠나왔는데, 다시 또 종이라니······.'

가릉은 종과의 질긴 인연에 고개를 절레절레 흔들고 말았다.

"정신을 차리셨는가?"

뒤에서 탁한 소리가 들려왔다. 가릉은 뒤를 돌아다보았다. 나이가 지긋이 들어 보이는 노인이 가릉을 향해 천천히 걸어 오고 있었다. 가릉은 두 손을 모으고 공손히 인사를 올렸다.

"몸은 괜찮으신가?"

"예. 어르신! 덕분에 괜찮습니다."

"어허, 내가 무슨! 어제 해거름[23]에 재료를 구해서 올라오 던 마을 젊은이가 길가에 쓰러져 있던 자네를 발견하고는 업고 왔다네."

"그랬군요. 그런데 이곳은……."

---

23) 해거름: 해가 서쪽으로 넘어갈 무렵.

"작은 종을 만드는 소릿골 마을이라네."

노인은 종 만드는 곳을 바라보면서 대답했다. 가릉은 노인을 따라 눈을 돌렸다. 가릉이 작업장에 관심을 보이자 노인이 물었다.

"한번 가 볼 텐가?"

가릉은 고개를 끄덕이고는 노인의 뒤를 따라 작업장으로 다가갔다. 일하던 사람들이 노인을 향해 인사를 건넸다.

"어제 그 젊은이라네. 정신을 차렸기에 함께 왔네."

"걱정했는데 멀쩡하시네요. 다행이에요."

문양을 조각하던 한 젊은이가 가릉에게 다가오며 말을 붙였다.

"자네를 구해 준 순돌이라네."

노인이 소개했다. 가릉은 순돌이를 향해 두 손을 모았다.

"구해 주어서 고맙습니다."

"뭘요. 올라오던 길에 눈에 띄어서 모시고 왔을 뿐인데요. 그럼, 저는 이만."

순돌이는 뒤돌아서 왔던 곳으로 돌아갔다. 노인이 웃는 얼굴로 가릉을 바라보았다.

"자네가 원한다면 일터를 찬찬히 설명해 주겠네."

"아니오. 괜찮습니다."

가릉은 손사래를 치며 정중히 사양했다.

"알았네. 어쩐지 자네는 우리와 연이 닿는 사람 같아서 하는 말이었네. 여기저기 마음 내키는 대로 천천히 구경하시게나."

말을 마친 노인은 가마솥을 향해 걸어갔다.

가릉은 작업장을 휘 둘러보았다. 그리 크지 않은 땅에 오밀조밀 모여서 작업하면서도 모두 표정이 밝아보였다.

가릉은 건성으로 작업장을 돌아본 후, 움막으로 몸을 돌렸다. 움막 뒤쪽으로 지붕이 보였다. 가릉은 움막 뒤로 돌아가서 내려다보았다. 능선을 따라 군데군데 자리한 집들이 마을을 형성하고 있었다. 마을이라고 해봐야 열 채도 채 안 되는 오두막이 모여 이룬 군락이었다.

가릉은 움막으로 들어와서 자리에 누웠다. 아내가 떠올랐다. 꿈속에서나마 만날 수 있었던 아내와 빈가. 아내와 빈가를 다시 만날 수만 있다면 몇 날이라도 꿈길을 헤맬 수 있을 것 같았다.

가릉은 가만히 눈을 감았다. 바로 눈앞에 있는 것처럼 아내가 선명하게 보였다. 자신을 책망하는 듯 눈빛이 서늘했다.

"임자!"

가릉은 자신도 모르게 중얼거렸다. 가릉의 눈가가 파르르 떨리며 눈두덩이가 뜨뜻해져 왔다.

'임자.'

이 얼마나 따뜻한 호칭인가. 그러나 이제는 혼자서나 가만히 불러보는 말이 되어 버린 낱말이었다.

아내의 뒤에서 몸을 숨긴 빈가가 얼굴만 빼꼼히 내밀고 가릉을 쳐다보았다. 작고 메마른 몸매에 형체를 알아볼 수 없는 얼굴. 아내의 표정에, 빈가의 행동에, 시리도록 서러워진 가릉의 가슴에서 뭔가 북받치며 헛구역질이 나왔다.

"으웩! 우웩! 허억!"

가릉은 자리에서 일어나 앉아 허리를 구부린 채 헛구역질과 기침을 했다.

한동안 계속되던 헛구역질이 잦아질 무렵에 노인이 찾아왔다. 가릉은 일어나려고 엉덩이를 들었다.

"됐네. 그냥 앉아 있게."

노인은 손으로 제지하며 가릉의 맞은편에 걸터앉았다.

"이름이 어떻게 되신가?"

"가릉이라고 합니다. 말씀 낮추십시오, 어르신!"

"그럼, 말을 낮추겠네. 고향은 어디고?"

"서라벌입니다."

"무슨 일로 그곳에서 이 산골까지……."

노인은 작은 소리로 중얼거리다가, 다시 가릉에게 물었다.

"무슨 일을 하는 사람인가? 혹시 우리처럼 종을 만드는 것인가?"

"예. 어떻게……."

가릉은 뒷말을 흐렸다.

"자네 손을 보고 짐작은 했네만, 혹시 몰라 직접 확인해 본 것이네."

가릉은 두 손을 들여다보았다. 힘을 주어 문양을 조각하느라 휘어지고 눌린 손가락과 이곳저곳에 불로 덴 흉터가 있는 거친 손이었다.

"며칠을 머물게 될지 모르겠지만, 여기 있는 동안 마음 내키면 일터로 나오게. 우리와 함께 종을 만드는 것도 나쁘지

는 않을 걸세. 그럼, 쉬게나."

노인은 조용히 움막을 떠났다.

다음 날, 가릉은 비탈진 능선으로 올라가서 바위에 걸터앉았다. 멀찍이 작업장이 훤히 내려다보였다. 몇 안 되는 사람인데도 참으로 부지런히 일하고 있었다.

정오가 가까워질 무렵, 부산스러운 움직임 속에 수장 곁으로 사람들이 모여들었다. 수장은 완성된 종을 손에 들고 시험

했다.

　"때앵― 땡―!"

　울림이 작은 종소리는 금방 공기 중으로 사라졌다.

　"때앵― 땡―!"

　수장은 다시 종을 쳐보고는 옆에 있는 젊은이에게 넘겼다.

젊은이는 한쪽으로 가서 종을 놓았다. 그곳에는 완성된 종이

몇 개 놓여 있었다. 가릉은 자리에서 일어나 완성된 종이 있

는 곳으로 슬슬 내려갔다.

종 가까이 다가간 가릉은 방금 완성한 종의 표면을 미끄러지듯 슬며시 만져 보았다. 순간 손끝이 바르르 떨리며 모든 세포의 감각이 되살아났다. 동시에 얼음처럼 차가웠던 가슴이 새처럼 팔딱팔딱 뛰기 시작했다.

가릉은 종을 찬찬히 살폈다. 문양은 그런대로 쓸 만했다. 표면이 조금 오돌토돌하고 거친 것이 흠이지만, 잔금도 적고 나름 괜찮았다. 그러나 종의 형태가 반듯하여 깊은 울림을 담아내지 못하는 구조였다.

"살펴보니 어떤가?"

어느새 다가온 노인이 말을 붙였다. 가릉은 종에서 손을 떼고 노인을 바라보았다.

"자네의 의견이 듣고 싶으이."

"제가 뭘 알겠습니까?"

가릉은 머리를 긁적였다.

"실은 기술이 부족하여 울림이 깊은 소리를 만들어내지 못한 탓에 값싼 종을 만들고 있다네. 그러다 보니 항상 가솔들의 생활이 넉넉하지 못한 실정이지."

가릉은 고개를 끄덕였다.

"순돌이가 자네를 업고 와서 간호해 주던 날, 수장과 나는 알 수 있었네. 자네도 우리와 같은 일을 하는 사람이라는 것을. 그리고 생각했지. 어쩌면 운명처럼 소중한 인연이 맺어질지 모른다고."

"……."

"이곳에 머무는 며칠만이라도 힘을 보태 볼 텐가?"

"예."

"오늘은 쉬고, 내일부터 함께 하세나."

노인이 나가자 가릉은 자리에 털썩 드러누웠다. 종을 피하고자 했으나 피할 수는 없었다. 소리를 잊고자 했으나 이명으로 들려오는 소리를 잊을 수는 없었다. 이제는 자신의 숙명으로 받아들여야 할 때가 도래[24]한 것이었다.

---

24) 도래: 가까이 닥쳐오다.

5. 돌아서 가는 길

가릉은 순돌이와 함께 문양을 만들었다. 가릉을 구해 주었던 순돌이는 이름처럼 천성이 착하고 온순했다. 덩치에 비해 야물고 꼼꼼했으며 손놀림도 날렵하였다. 또 일머리도 있으면서 궂은일도 마다하지 않았다. 가릉은 그런 순돌이가 무척 마음에 들었다. 잘만 다듬으면 소릿골 마을에서 제일가는 장인이 될 그릇이었다.

가릉은 기회가 있을 때마다 슬쩍슬쩍 자신이 알고 있는 기

술을 순돌이에게 흘렸다. 손끝이 매운 순돌이는 가
릉이 보여주는 기술을 곧잘 따라했다. 가릉은 순돌
이를 가르치는 일에 흥미가 생겨났다.

처음에는 마을에 오래 머물지 않을 거로 생각했던 가릉이
순돌이와 짝을 이루어 일을 잘 해내자 수장은 이것저것을 주
문했다. 그럴 때마다 가릉은 서슴없이 일을 척척 해냈다. 수
장은 그런 가릉이 미덥고 듬직하였다.

하루는 수장이 가릉에게 다가왔다.

"쇳물 붓는 일을 좀 도와줄 수 있겠는가?"

종의 형태를 살피던 가릉은 수장을 올려다보았다. 쇳물을
붓는 것은 아무나 하는 일이 아니었다. 자칫 잘못하면 기포가
생기고 종에 금이 가게 되어 그동안의 모든 일이 물거품이 될
수도 있었다. 그런데 외부인인 자신에게 부탁하다니.

가릉의 눈빛을 읽은 수장이 말을 덧붙였다.

"하필이면 오늘 담당자가 몸을 움직이지도 못할 정도로 아프지 뭔가. 지금 쇳물을 붓지 않으면 안 되는데……."

가릉은 자리에서 일어나 수장을 따라갔다. 몇 명이 끓는 쇳물을 옮기고 있었다. 가릉은 그들과 협력하여 종 형틀에 망설임 없이 쇳물을 부었다. 수장은 그런 가릉을 눈여겨 지켜보았다.

도가니로에 불을 때는 일부터 쇳물을 붓고 거푸집을 해체하는 일까지 지켜보던 수장은 어느 날 저녁에 노인과 함께 가릉의 움막을 찾아왔다. 먼저 노인이 운을 뗐다.

"힘들지는 않은가?"

"워낙 이골이 나서 괜찮습니다."

노인이 고개를 끄덕였다. 옆에서 수장이 끼어들었다.

"보다시피 우리 마을은 인가도 적고 수도 적네. 그러다 보니 종을 만드는 기술이 다른 마을보다 시원찮은 편이지. 그렇지만 눈썰미는 있어서 사람을 알아볼 줄 알고, 귀동냥해서 좋은 소리 또한 구분할 수 있다네."

수장은 잠시 말을 멈추었다가 가릉에게 단도직입적으로 물었다.

"어떤가? 여기에 눌러살면서 수장이 되어 종을 제작할 마음은 없는가?"

"예? 수장이요? 제가요?"

"이것은 우리 마을 모든 사람의 의견이라네."

순간 가릉은 고향을 떠올렸다.

가릉이 고향을 찾아갔던 날 저녁에 가릉은 길석이 아버지의 방에서 정신없이 곯아떨어졌다.

한숨을 자고 밤중에 일어난 가릉은 노인이 깨지 않도록 조심하면서 마루로 나와 걸터앉았다. 그때까지 잠을 못 이루었는지 문소리를 들은 길석이 가릉의 곁으로 다가와 앉았다.

둘은 하늘을 올려다보았다. 하늘은 온통 별들로 가득했다. 가릉은 찰나에 휙 지나가는 별똥별을 따라 눈을 움직였다. 한참 동안 말이 없던 길석이 조심스럽게 입을 열었다.

"아까 자네에게 꺼내지 못한 말이 있다네."

가릉은 길석의 얼굴을 바라보았다. 길석은 가릉의 시선을 피하며 말을 계속했다.

"실은 우리 마을 몇 사람도 성덕 대왕 신종을 제작하는 데 불려갔었네."

"마을 사람들이?"

깜짝 놀란 가릉은 저도 모르게 되물었다. 길석은 가릉의 눈치를 살피면서 더듬더듬 대답했다.

"우리 마을은 나름 알아주는 종을 만드는 집단이 아닌가."

"그렇지."

"수장과 두 사형이 그 일에 함께했다네. 만약 자네가 당나라에 가지 않고 여기에 그대로 남아 있었다면 아마 자네도 불려갔을 걸세. 자네는 우리가 인정하는 쇳물 기술자 아니던가."

순간 가릉은 침에 사레가 걸려서 잔기침을 했다. 길석이는 가릉의 등을 가볍게 두드려 주며 말을 이었다.

"부디 그들을 원망하지 말게나. 그들이 원해서 종 만드는 일에 함께한 것도 아니지 않는가. 우리 같은 천것들이야, 위에서 하라면 하는 수밖에 없는 것이니까."

길석은 말을 멈추고 크게 숨을 쉬었다. 잠깐 동안 가릉과 길석의 사이에 무거운 공기가 흘렀다. 이윽고 감정을 삭인 가릉이 길석에게 대답했다.

"고맙네, 사실대로 말해 주어서. 이제는 자야겠네. 자네도
어서 들어가게."

길석은 가릉의 등을 쓰다듬어 주고는 돌아섰다. 가릉은 길
석이 방으로 들어가는 것을 확인한 후 밖으로 나왔다. 달빛에
둘러싸인 마을은 고즈넉했다. 가릉은 동네를 훑어보다가 수
장의 집 쪽에서 시선을 멈추었다. 이어서 두 사형의 집 방향
을 떠올리며 고개를 돌렸다. 가슴이 터져버릴 것 같은 분노가
치밀었다. 마음 같아서는 당장이라도 달려가서 멱살을 움켜
잡고 싶었다. 하지만……

'혹시 내가 당나라에 가지 않고 성덕 대왕 신종 제작에 참
여했더라면. 그랬다면 빈가가 살 수 있었을까? 그러면 아
내도 죽지 않았겠지.'

그렇게 생각하니 빈가의 죽음은 수장과 사형들보다 오히려
자신의 잘못이 더 큰 것 같은 생각이 들었다. 순간 가릉은 세
차게 고개를 흔들었다.

'아니야. 일어나지도 않은 일을 '혹시'라고 상상하면서 나를
책망하는 것은 안 돼. 안 되고말고. 문제는 수장과 두 사형

이 신종 제작팀에 참여했다는 것이고, 그 팀에 의해 빈가가 희생되었다는 거야. 그러니까 수장과 두 사형의 죄가 용서될 수는 없어.'

가릉은 이랬다저랬다 끊임없이 요동치는 마음을 주체하지 못해 이리저리 배회하다가, 한밤중에야 노인의 방으로 돌아갔다.

몇 달이 지난 지금도 가릉은 수장과 사형이 보고 싶지도, 마주치고 싶지도 않았다. 비록 나라의 지시를 받고 행한 일이라지만, 그로 인해 아내와 빈가는 세상에 존재하지 않게 되었다. 자신 또한 이렇게 방랑의 삶을 살고 있지 아니한가.

그런데도 가릉의 마음 한편에는 금이 간 쇳덩이 소리를 내는 종을 제작한 집단들의 고통을 고스란히 느끼며 이해하고 있었다. 그 당시 인신공양[25]을 할 수밖에

---

25) 인신공양: 신에게 사람을 제물로 바쳐 제사를 지내는 일.

없었던 상황을 이렇게 충분하고도 넘치게 온몸으로 납득하고 있었다. 그래서 그들을 미워할 수도 용서할 수도 없는 마음을 어쩌지 못해 이렇게 고향 밖으로 빙빙 도는 중이었다.

가릉은 소릿골 마을 사람들의 의견을 받아들여 한동안 여기에 주저앉아도 좋을 것 같다는 생각이 들었다.

"좋습니다. 대신 수장직은 정중히 사양합니다. 수장이라니. 그것은 안 될 말이지요. 수장님이 지금처럼 하시면서 마을 전체를 통솔해 주십시오. 제가 여기 있는 동안은 알고

있는 기술을 마을 사람들에게 전수해 드리도록 최선을 다
하겠습니다."

"이 사람아! 정말 고맙네. 그렇게 마음을 내주니 참말로 고
마우이."

노인이 가릉의 손을 덥석 잡았다. 가릉은 어줍게 몸을 움츠
렸다.

"참으로 소중한 인연이로고만."

수장은 옆에서 연신 고개를 끄덕거렸다.

이튿날부터 가릉은 마을 사람들에게 기능을 전했다. 그중
순돌이를 중심으로 재능이 있는 젊은 사람들에게는 꼼꼼하고
세세하게 설명해 주면서 자신의 기술을 전수했다. 비록 자신
이 떠나더라도 이 마을은 젊은이를 중심으로 좋은 종을 만들
어서 지금보다는 빈곤한 생활을 조금은 덜 수 있으리라.

석가모니 탄신일이 다가오자, 소릿골에도 제법 일감이 들
어왔다. 일손이 달려 사람들은 동동걸음을 치면서도 얼굴에
는 웃음이 떠나지 않았다. 한동안 폭풍처럼 몰아쳤던 일이 끝
나자, 마을 사람들은 남녀노소 할 것 없이 공터에 둘러앉았
다. 가릉의 왼쪽 옆에는 순돌이와 수장이, 오른쪽 옆에는 노

인이 앉았다. 가릉은 주변을 둘러보았다. 아이들은 여기저기를 돌아다니고, 여인들은 음식을 장만하느라 바빴다. 간만에 풍겨오는 고기 냄새에 모두 코를 벌름거리며 기뻐하는 모습이 행복해 보였다. 가릉은 살며시 미소를 지었다. 옆에서 노인이 큰 소리로 웃으며 말했다.

"허허! 참으로 보기 좋지 않은가? 그저 보고만 있어도 배가 부르고만."

"지금처럼만 일이 있다면야 얼마나 좋겠습니까."

수장이 말을 받았다. 순돌이가 끼어들었다.

"날마다는 바라지도 않아요. 그저 해마다 이때쯤이라도 이렇게만 일이 많으면 그저 감지덕지요, 부처님 은덕이지요."

"이 사람아! 높은 사람들처럼 문자 쓰지 마. 내 몸에 소름이 다 돋네 그려."

"이런 말 정도는 우리도 할 수 있지요. 안 그런가요, 가릉님!"

순돌이가 진지한 표정으로 가릉의 의견을 물었다.

"매사에 자넨 너무 진지해서 탈이라니까."

수장이 순돌이의 어깨를 툭 쳤다. 순돌이는 어깨를 잡고 엄

청 아프다는 표정을 지었다. 그 모습에 사람들은 까르르 웃음을 터뜨렸다.

잔치가 끝나고 밤이 깊어지자, 하나둘씩 자리를 떴다. 가릉은 노인과 함께 마지막까지 자리를 지켰다.

은하수가 흐르는 하늘에서 별이 연달아 떨어졌다. 가릉은 별똥별을 따라 눈을 돌리다가 깊게 한숨을 쉬었다.

"무슨 걱정이라도 있는 겐가?"

"휴……."

가릉은 또다시 한숨을 쉬었다. 노인은 자리를 비켜주기 위해 일어났다.

"그만 쉬게. 내일 봄세."

"어르신! 잠깐만요!"

가릉은 노인의 팔을 붙잡았다. 노인은 다시 자리에 앉았다. 이윽고 가릉이 고개를 들었다.

"실은……."

가릉은 자신의 속사정을 이야기하기 시작했다. 당나라로 떠난 일, 아내와 빈가의 죽음, 성덕 대왕 신종, 고향의 수장과 두 사형 등 자신을 괴롭히고 있는 모든 일을 숨김없이 털어놓았다.

"그래서 저는 아내와 딸의 영혼을 구하고, 모든 이들을 사고팔고[26]에서 해방시켜 줄 커다란 종을 만들고 싶습니다. 어르신, 도와주십시오."

"내가 무엇을 도와주면 되는가?"

"큰 종을 만들 수 있도록 수장님과 사람들을 설득하여 주십시오."

"큰 종?"

"물론 쉽지 않은 일이라는 것을 저도 압니다. 하지만 한 번만 도와주십시오. 은혜는 평생 잊지 않겠습니다."

가릉은 노인 앞에 무릎을 꿇었다.

"이 사람아! 이게 무슨 짓인가! 어서 일어나게."

노인이 가릉을 일으켰다. 가릉은 마지못해 일어나 앉았다. 잠시 생각에 잠기던 노인이 가릉을 바라보았다.

"이 일은 나 혼자 결정할 일이 아니라는 것을 자네도 알 것

---

26) 사고팔고: 온갖 괴로움과 심한 고통을 통틀어 이르는 말. 불교용어로 생로병사 4고와 이별, 만남, 부득(얻지 못하는 고통), 인생고(마음속에서 일어나는 고통)을 더해서 8고라고 함.

이네. 한 번도 해 보지 않은 일인 데다 비용도 만만치 않을 것인지라……."

"그래서 어르신께 이렇게 부탁드리는 것입니다. 꼭 이루어 지도록 손을 좀 써 주십시오. 간곡히 부탁드립니다."

"내 수장과 동네 어른들과 이야기를 나눠 보겠네. 그들을 설득해 보겠지만, 기대는 하지 말게나. 장담할 수는 없으니까."

"예. 소식 기다리겠습니다."

가릉은 깊게 고개를 숙였다.

그날부터 가릉은 애간장이 탔다. 노인이 평소와 다름없이 행동하는 데다 수장도 별반 다르지 않았기 때문이었다. 며칠 동안 가슴 설레며 기다리던 가릉은 역시나 하고 실망하고 말았다.

달포 후 종을 납품하고 쉬는 날, 노인과 수장이 순돌이를 데리고 가릉의 움막을 찾았다. 가릉은 벌떡거리는 가슴을 누르며 그들이 입을 열기를 기다렸다. 이런저런 이야기 끝에 수장이 물었다.

"그런데 큰 종을 만들 자신은 있는가?"

"물론이지요. 저는 이 일로 잔뼈가 굵은 사람입니다. 나름 서라벌과 당나라에서도 소문이 난 사람이고요."

"그렇다면 한번 해 보기로 하지."

"고맙습니다. 많이 도와주십시오. 열심히 하겠습니다."

"그 말은 우리가 해야지. 잘 이끌어 주게. 앞으로 우리 마을 앞날이 바뀔지도 모르는 일이니까."

수장은 기대에 찬 눈빛으로 가릉을 바라보았다.

일 년 후 해가 산속으로 찾아오자마자 노련한 노인들과 젊은이들은 가릉의 지휘 아래 각자 맡은 역할대로 상대, 하대, 당좌 등의 문양을 정교하게 조각했다.

조각이 완성되자 가릉은 가마솥에 적당히 배합한 밀랍과 소기름을 넣고 불을 붙였다. 밀랍이 녹자, 노인들은 조각한 판 위에 끓인 밀랍을 부어가며 문양을 찍어냈다.

젊은이들은 종 모양의 겉 형틀 위에 문양을 뜬 조각을 붙여 밀랍 원형을 만들었다. 밀랍 원형 위에 이암과 모래 등의 주물사로 초벌을 발랐다.

잘 말려진 종의 겉 형틀을 명주실로 묶은 다음 초벌보다 더 진하게 농도를 맞춘 밀랍으로 완전히 덮어 씌었다. 이어서 청

동과 주석을 혼합한 액체를 밀
랍과 외형을 입힌 부분에 기포
를 걷어가며 부어 주었다.

응달에서 자연스럽게 건조
를 시킨 후, 다시 주물사를 발
라서 건조 시키고, 또다시 발
라서 말리기를 네댓 번 반복하
였다. 이후 잘 마른 외형에 열
을 가해서 안에 붙어 있는 밀
랍을 녹여 완전한 겉 형틀을
완성했다.

이제 내형을 만들 차례였다.
회전판 위에 진흙과 볏짚을 섞
어 구운 벽돌을 쌓고 곱게 흙
을 발라 속 형틀을 완성했다.

모든 작업이 끝나자 범종의
겉 형틀을 떼어 내었다. 종은
흠 잡을 데 없어 보였다. 종복

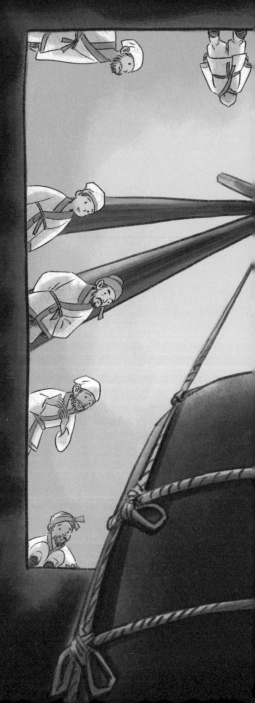

에 새겨져 있는 비천상이나 상대와 하대의 무늬도 무척 아름다웠다. 가릉은 동료들과 함께 밀랍이 깨끗하게 제거된 겉 형틀과 속 형틀을 맞춰 범종을 고정시켰다. 이제 종소리만 시험하면 되었다.

가릉은 엄숙한 얼굴로 종 앞에 서서 하늘을 향해 심호흡을 했다. 옆에 서 있는 사람들의 얼굴에도 긴장의 빛이 돌았다. 가릉은 사람들의 도움을 받아 타종을 시작했다.

"데-엥---데-엥---."

맑은 종소리는 산골짜기로 넓고 길게 퍼져 나갔다.

"성공이네. 이 사람아! 성공했어! 앞으로 우리 마을에도 서

광이 비치겠구만."

수장이 기뻐하며 가릉을 껴안았다. 하지만 양이 안 찬 가
릉은 타봉을 저 멀리 내던지고 말았다. 순돌이가 타봉을 주워
와서 수장에게 내밀었다. 수장
은 엄숙한 표정으로 타종을 했
다.

"데-엥---데-엥---."

옆에서 아낙네들이 두 손을
가슴에 모았다. 노인이 황홀한
표정을 지었다.

"어쩌면 소리가 이리도 고울
까. 내 마음속 번뇌가 씻겨져
내려가는 것 같으이."

"그러게요. 부처님의 자비로 정신을 맑히
는 것 같네요."

사람들의 얼굴에는 행복한 웃음이 감돌았다.

해는 들보다도 더 빨리 산을 빠져나갔다. 축 처진 가릉의
어깨 위로 마지막 햇살이 쏟아져 내렸다. 가릉은 나른한 몸을
이끌고 거적이 쳐진 움막으로 들어가 잠자리로 만들어둔 짚

더미 위로 무너지듯 쓰러졌다. 달빛이 터진 거적때기 사이로 뚫고 들어와 가릉의 발밑에서 아른거렸다.

밤새 가릉은 꿈속을 헤맸다. 이 꿈이 지나가면 저 꿈이 나타나고, 저 꿈이 사라지면 또 다른 꿈이 찾아왔다. 꿈속에서 또 꿈을 꾸기도 했다.

한동안 열에 들뜬 사람처럼 정신을 차리지 못한 가릉은 문득 자신이 소리에 목말라 있다는 것을 깨달았다.

다음 날 일찍 일터로 나온 가릉은 젊은이들에게 다시 한번 전 과정을 설명해 주었다. 특히 순돌이에게는 과정 중 조심해야 할 사항을 기록하여 넘겨주었다.

며칠 동안 가릉은 일터를 쭉 둘러보며 손을 보태거나 시범을 보였다. 사람들은 열심히 배우려고 노력하면서 각자 맡은 일에 최선을 다했다. 이제 소릿골 마을은 순돌이와 젊은이들을 중심으로 지금보다 더욱 큰 발전을 하게 될 것이었다. 경제적으로도 조금은 안정될 것으로 생각하니, 가릉은 마음이 놓여 그 길로 노인을 찾아갔다.

6. 마침내 천상의 소리

아직 해도 뜨지 않았는데 가릉은 괴나리봇짐을 메고 소릿골 마을을 벗어났다. 어쩌면 가릉의 전생은 한 군데에 정착하지 못하고 끊임없이 돌아다니는 야생마였는지도 몰랐다. 그러니까 야생마적 기질이, 아내와 딸을 위해 아름다운 종소리를 만들려는 욕심과 아우러져 가릉을 한 군데에 정착하지 못하도록 채찍질하고 있는지도 몰랐다. 가릉은 거의 뛰다시피 산을 내려와 여울 앞에 이르렀다.

'또르르 똘똘———.'

여울은 맑은 소리를 만들며 흘렀다. 가릉은 휘적휘적 걸어 산 그림자를 벗어나 들로 나왔다. 붉은 빛으로 막 눈을 뜨

는 들판에는 가늘게 흔들리는 푸른 곡식들의 몸짓과 가끔씩
불어오는 바람 속에 풀꽃향기가 묻혀 왔다. 가릉은 고개 숙여
풀잎을 따서 살며시 입술에 갖다 대었다.

"삐이—삐—삐—."

풀잎에서 피리 소리가 들렸다.

'저 공중의 새 소리나 맑은 물소리, 그리고 이 작은 풀잎피
리 소리들을 종에 담을 순 없을까.'

그렇게 생각하니 가슴이 터질 것 같아 풀잎피리를 공중으

로 힘껏 던져 버렸다. 풀잎은 깃털처럼 허공에서 뱅글뱅글 맴을 돌며 다른 풀잎 위에 살포시 내려앉았다.

가릉은 가랑비가 내리는 길을 걸었다. 시간이 흐를수록 발바닥에 딱딱하게 부딪혀 오던 대지의 살갗은 비와 어우러지며 흐물흐물 녹아 내려 가릉의 뒤로 닮은꼴 발자국을 선명하게 찍어내었다.

어느 순간 콧속으로 철 이른 국화향이 풍겨왔다. 가릉은 발걸음을 멈추고 옆을 쳐다보았다. 노란 야생국화가 길 따라 군데군데 자리하고 있었다. 가릉은 빗속에서도 본연의 향을 잃지 않는 국화를 내려다보다 무심코 뒤를 돌아보았다. 자신이 지나온 흔적이 보였다. 가릉은 발자국을 자세히 바라보았다. 똑같은 발로 찍어낸 발자국인데도 흙의 성분에 따라 발자국의 색이 다르고, 걸음걸이에 따라 모양이 달라지며, 힘의 증감에 따라 발자국의 깊이가 달랐다.

'어떤 때는 불의 온도가 맞지 않고, 어떤 때는 적당한 양의 동과 주석의 배합이 잘 안 되었으며, 또 어떤 때는 끓는 구리에 물이 들어갔었지.'

가릉은 물끄러미 발자국을 내려다 보다 물안개가 피어오르는 산자락을 올려다보았다.

몇 날을 정처 없이 걷다 보니 바닷가였다. 그 곳에는 하늘과 바다가 한 선으로 만나고 있었다. 가릉은 모래톱을 둘러싸고 있는 소나무 숲에 서서 멍하니 바다를 바라보았다.

해의 길이만큼이나 바닷가의 시간은 천천히 흘렀다. 가릉은 호흡을 가다듬고 음푹 들어온 땅 위에 길게 펼쳐져 있는 모래톱을 걸었다.

한참 동안 고개 숙이고 걷던 가릉은 둥글고 거므스름한 자갈이 깔려 있는 곳에 이르러 걸음을 멈추었다. 자갈이 깔려 있는 사이사이의 좁은 공간에 물기가 촉촉한 모래가 깔려 있었다. 그 위에는 서로 얽혀져 꽃모양을 이루고 있는 새들의 발자국이 빈 공간 없이 빽빽이 찍혀 있었다.

조금 지나자, 저만치 물러 서 있던 바닷물이 스물스물 가릉의 곁으로 기어왔다. 처음에는 조금, 그 다음은 조금 더 깊이, 그리고 그 다음은 더욱 더 깊이.

가릉은 발자국과 밀물에 번갈아 눈길을 주었다. 하나의 파도가 밀려왔다 물러가고 곧 이어 다른 파도가 밀려온 후, 또 한 번의 파도가 밀려 왔다 물러가자 그렇게 선명하게 박혀 있던 발자국은 자취도 없이 사라지고 말았다. 가릉은 물결만이 출렁이는 바다를 멍하니 바라보았다.

"쏴아— 쏴!"

가릉은 소리가 들려오는 곳으로 고개를 돌렸다. 모래톱이 끝나는 곳에 한몸을 이루고 산처럼 버티고 서 있는 커다랗고 검푸른 바위에서 나는 소리였다. 가릉은 해변 가를 걸어 바위 위로 올라섰다.

"철썩—쏴아!"

파도는 바람처럼 밀려와 커다란 바위에 온몸으로 부딪치고는 하얀 포말로 사라져갔다. 가릉은 허리를 굽혀 파도가 철썩이는 곳의 바위를 자세히 살폈다. 오랜 세월 해풍과 해수가 만들어낸 잔잔한 물결 같은 다채색 주름살들이 층층이 아름답게 새겨 있었다. 가릉은 아무 생각 없이 그저 물결이 만들어 놓은 무늬만을 내려다보았다.

"철썩-쏴아!"

어느 순간 가릉의 귓속으로 파도소리가 들려왔다. 가릉은 문득 정신을 차리고 하늘을 올려다보았다. 머리 위에 빛나던 해가 바다 곁으로 훌쩍 도망가 있었다. 바다는 가슴을 활짝 열고 해를 받아들이며 천천히 오색 물결로 물들어 갔다. 가릉은 일몰이 가져다주는 금빛 물결 속에서 생명이 용솟음치는 도가니로의 불춤을 보았고, 땀을 뒤집어쓰며 종을 만드는 자신의 모습을 만났다.

해는 점점 늦게 찾아오고 빨리 떠났다.

주홍빛 가로수가 겉치레 옷을 벗고 제 모습을 드러내더니, 나뭇가지에 희끗희끗 눈꽃을 피웠다. 가릉은 거칠고 황량한 모습으로 눈이 덮인 높은 산을 올랐다. 흐르던 물이 그대로 얼어붙어 곳곳에 커다란 고드름과 함께 유리처럼 반짝이는 빙판을 이룬 계곡을 지나, 쉬지 않고 정상을 향해 올라갔다.

몇 시간이 지나서야 정상에 선 가릉은 하얗게 덮인 산을 내려다보았다. 그곳에는 가릉이 걸어 온 발자국이 깊게 남아 있었다. 그러나 북풍이 한 번 나뭇가지를 흔들고 지나가자 물보라처럼 흩어져 내리는 눈가루가 가릉의 발자국을 덮어갔다.

가릉은 산 아래를 굽어보았다. 북풍에 떨면서도 희망에 찬 나뭇가지들의 속삭임 소리가 바람을 타고 가릉의 귀로 전해져 왔다. 고개 들어 나무를 쳐다보았다. 자신의 무게보다 더 많은 눈꽃을 피운 나뭇가지는 부러져 있고, 가지에 남아 있는 눈꽃에는 햇빛이 오색 무지개를 그려내고 있었다. 가릉은 오색 무지개를 물끄러미 들여다보았다. 어느 순간 켜켜이 놓여 있는 반원 속에서 빈가를 안고 살포시 미소 짓는 아내의 모습이 보였다.

잠시 멈추었던 바람이 불어와 잔솔가지를 흔들고 지나갔다. 동시에 아내의 얼굴은 사라지고 오색 무지개는 땅으로 흩어져 내렸다. 그런데 참으로 이상한 일이었다. 아내의 얼굴이 사라지는 순간, 가릉은 활시위처럼 팽팽했던 답답함과 절망

이 가슴 저 밑바닥에서 서서히 용해되어 가며 아스라이 사그
라져 가는 것을 느꼈다.

　그날 밤 실로 몇 달 만에 단잠을 잤다. 그동안 가릉의 잠자
리는 늘 불편하고 꿈자리는 항상 흉흉하다 못해 사나웠다. 그
래서 자리에서 일어나면 몸은 자주 뻐지근하고 머리는 부하
니 공중에 붕붕 떠있는 기분이었다. 그런데 어젯밤에는 꿀잠
을 잔 것이다. 생각은 나지 않지만 아주 기분 좋은 꿈도 꾸었
다. 그러고 보니 언젠가 꿈에서 들었던, 아니 보았던 천상의
소리를 내는 아름다운 여인 극락조를 다시 본 것도 같았다.

가릉은 행복한 마음으로 붓을 들었다. 오랜만에 잡아본 붓의 느낌이 손끝에 떨림으로 전해왔다. 가릉은 붓을 들어 허공에 종 모양을 대충 그리면서 몸을 풀고는, 이내 정성을 드려 종 모양을 그리기 시작했다. 가릉의 손이 움직일 때마다 연꽃이 피어나고 구름이 하늘을 날았으며, 긴 천을 두른 관음상의 윤곽이 나타났다.

가릉은 관세음보살의 얼굴을 집중하여 그려갔다. 눈과 코, 입과 귀를 그린 다음 타원형 얼굴로 마무리를 하자 단아한 얼굴이 그려졌다. 가릉은 잠깐 동안 관음상의 얼굴을 들여다보다가 붓으로 찍찍 그어버렸다. 자신이 표현한 관음보살은 누구든 그릴 수 있고 생각할 수 있는 그저 너그럽고 인자한 보살이었다.

가릉은 한 장의 종이 여기저기에 관세음보살의 얼굴을 크게 또는 작게 그리다가 그어 버리는 행동을 반복했다. 수십여 차례 반복해서 보살의 얼굴을 그려갈수록 평범한 아낙네의 얼굴이 되어갔다.

신시(15시~17시)가 다 되도록 그림 연습을 하던 가릉은 마침내 완성한 그림을 들고 밖으로 나왔다. 동네 뒤에 커다란 병

풍처럼 펼쳐진 높은 산들 중 가장 높고 큰 산이 더욱 하얗게 빛났다. 자신이 올랐던 바로 그 산이었다. 가릉은 두 손으로 그림을 받쳐 들고 흰머리 할아버지 산을 향해 섰다.

'부디, 이 마음속 비원[27]을 보아주소서! 부디, 이 마음속 비원을 이루어주소서!'

가릉은 아내와 빈가의 극락왕생과 자신을 구원할 소리를 담은 종을 완성하고 싶은 자신의 갈망을 담아 쉬지 않고 절을 했다. 이각(약 30분 정도)이 지난 다음에야 절을 멈춘 가릉은 그

---

27) 비원: 부처나 보살이 중생을 구원하려는 소원이 이루어지도록 기원하는 일/ 자기의 소원을 겸손하게 이르는 말.

림을 조심스럽게 두어 번 접어서 봇짐에 챙겨 넣었다.

대지를 덮었던 눈이 녹을 무렵, 가릉은 지친 모습으로 그러나 눈만은 초롱한 모습으로 봉덕사 절을 찾았다. 이제는 청년 티가 나는 사미승이 반갑게 맞아주었다. 가릉은 사미승에 이끌려 좁은 방으로 들어가 마주앉았다. 가릉이 먼저 입을 열었다.

"그동안 무고하셨지요? 불심이 더 깊어지신 것 같습니다."

"예. 비구[28]가 되었답니다."

"축하드립니다, 스님! 드디어 계를 받으셨군요. 목우 스님은 참으로 좋은 스님이 되실 겁니다."

"감사합니다. 큰스님처럼 열심히 노력해야지요."

"큰스님은 잘 계신가요?"

"지난달 초부터 폐관수행[29] 중이십니다."

"폐관수행이요?"

"워낙 크신 분이라 뵙고 싶어 하는 분들이 많으셨어요. 그

---

28) 비구: 출가한 성년의 남자스님.
29) 폐관 수행: 동굴이나 움막에서 밖으로 나오지 않고 깨달음을 얻기 위해 힘씀.

래서 수행에 방해된다고 일단 백일 동안 폐관에 들어가셨답니다."

"그러셨군요. 전에 포악질 했던 일을 사과드릴 겸 뵙고 싶었는데."

"오히려 큰스님은 가릉님의 소식을 궁금해 하신 것 같았어요. 신종을 보거나 소리를 들으실 때 슬쩍 보이는 큰스님의 표정에서 느낄 수 있었지요. 워낙 수행이 깊으셔서 감정을 드러내지 않으신 분이시지만, 그때만큼은 그냥 한 인간이셨거든요."

생각지도 못한 말에 가릉은 대답을 하지 못하고 침묵을 지켰다. 목우 스님이 말을 이었다.

"큰스님의 도량이 깊은데다가 신종 소리가 묘하게 마음을 가라앉혀준다고 소문이 나서 다른 절의 스님들도 많이 찾아온답니다."

마땅한 말이 생각나지 않은 가릉은 고개만 살짝 끄덕였다.

"오늘 주무시고 가실 거지요?"

"아닙니다. 신종만 보고 내려가렵니다."

"그렇군요. 그럼, 살펴 가시고, 늘 편안하십시오."

목우 스님이 합장을 하고 작별인사를 건넸다. 가릉은 일어서서 스님에게 합장을 하고 돌아섰다. 마당으로 나오자 절을 찾은 사람들 서너 명이 눈에 띄었다. 가릉은 천천히 걸어 종루에 도착했다. 성덕 대왕 신종은 이전처럼 그대로 그 자리에 그렇게 자리하고 있었다. 가릉은 닿지도 않는 신종을 어루만지는 것처럼 손을 뻗혀 하염없이 허공을 쓰다듬었다.

사람들이 신종을 향해 다가왔다. 가릉은 그 자리를 물러나 길석이 집을 찾았다. 길석이와 노인이 가릉의 손을 잡으며 반

갑게 맞이했다. 길석이가 가릉의 몸을 훑어보며 '쯧쯧!' 혀를 찼다.

"어디를 이렇게 헤매다 돌아왔는가? 전보다 몰골이 말이 아닐세."

"몸피30)는 말랐어도 눈빛을 보니 마음이 많이 편안해졌나 보구먼."

옆에서 노인이 가릉의 얼굴을 자세히 들여다보며 말을 받았다.

"어르신 말씀이 맞습니다."

가릉이 꾸벅 고개를 숙였다. 노인은 걱정하던 눈빛을 풀고, 한시름 놓았다는 듯 고개를 연신 끄덕였다.

"이제 어디 가지 말고 여기에서 우리와 함께 다시 시작하세. 우리 작업장은 자네 도움이 필요하다네."

가릉은 가볍게 고개를 끄덕였다.

길석이 아내가 차려준 밥상을 물린 뒤, 가릉은 길석이의 물음에 그동안의 이야기를 들려주었다. 길석이는 가끔 고개를

---

30) 몸피: 몸통의 굵기.

끄덕이다가 가만히 한숨을 쉬고, 표정이 밝아졌다가 바로 어두워지며 혀를 끌끌 차기도 했다. 옆에서 함께 듣고 있던 노인은 어느새 잠이 들었다. 밤새 조용조용 들려오던 가릉과 길석이의 살아온 인생 이야기 소리는 새벽이 되자 조용해졌다.

추운 날이 풀리자 가릉은 길석이와 함께 봉덕사와 마주보고 있는 자신의 일터로 돌아왔다. 사람들이 반가워하면서도 어색한 모습으로 가릉을 맞아주었다.

가릉이 당나라로 떠나기 전 어린 도제들이었던 그들은 이제는 주역이 되어 종 제작에 참여하고 있었다. 다행히 성덕대왕 신종 제작에 참여했던 수장과 두 사형은 이미 이 세상 사람이 아니었다. 지금의 수장은 길석이었다.

한동안 가릉은 물에 기름 탄 듯 겉돌았다. 그저 가릉은 말을 잃은 채 오로지 사람들의 마음을 달래줄 소리를 내는 종을 만들기 위해 혼신의 힘을 불태웠다. 시간이 지남에 따라 묶인 고리가 풀리듯 동료들과 껄끄러웠던 관계도 흙처럼 부드러워졌다. 자연스럽게 길석이와, 실력 있는 가릉을 중심으로 집단 구성원들은 똘똘 뭉치게 되었다.

몇 년 후 쇠를 끓이던 가릉은 새 소리에 고개를 들었다. 하얀 구름이 산허리를 휘감자, 구름자락에 놀란 철새들이 요란한 날갯짓을 하며 하늘로 높이 날아올랐다. 가릉은 이마에 손을 대고 하늘을 시커멓게 덮으며 이리저리 날고 있는 철새를 올려다보았다. 수많은 철새들이 서로 자리를 바꾸며 날고 있지만, 부딪쳐 땅으로 떨어지는 새는 한 마리도 없었다. 철새는 하늘을 빙빙 돌더니 쇠붙이가 자석에 끌려가듯 갑자기 나무 숲속으로 휙 빨려 들어갔다. 순간 가릉의 눈이 번쩍 빛났다.

옆에서 일하던 문하생들이 잠자리로 돌아가고, 가릉은 혼자서 쇳물이 끓는 가마를 지켰다. 사위는 칠흑같이 깜깜한데, 단단한 쇠를 녹일 정도의 높은 온도로 활활 타오르는 가마 안의 붉고 푸른 불꽃들이 뱀의 혀처럼 날름거리며 가릉을 유혹했다.

종 제작에는 수분이 함유되면 안 된다지만, 사람의 몸에서 나온 인으로 쇳물의 불순물을 제거한 것일까. 빈가를 제물로 바친 봉덕사의 신종은 깊은 울림을 주는 종으로 탄생되지 않았는가.

빈가와 어울려 세상에서 가장 아름다운 소리를 내는 종을 만들고자 했으니, 어쩌면 자신도 빈가와 같은 길을 가야만 할지도 모른다. 그래야 비로소 완전한 가릉빈가가 되리니……

가릉은 고개를 들고 하늘을 우러러 봤다. 암청색 하늘에는 간간히 흰 구름이 흩어져 있고, 연붉은 달이 펼쳐진 흰 구름 사이로 얼굴을 내밀었다.

깊어진 밤을 나타내듯이 여기저기 작은 별들은 깨진 사금파리[31]처럼 더욱 빛이 났다. 숲속 청회색 나무와 산들은 기다랗게 연결된 병풍으로 그림자처럼 비춰왔다.

가릉은 여명을 뚫고 이곳으로 문하생들이 찾아올 때까지 가마의 불이 꺼지지 않고 타오를 시간을 어림해 보고는 불 앞에 쪼그리고 앉았다. 푸른 색, 붉은 색, 연자주색 등의 불길이 아름다웠다. 가릉은 가만히 상념에 젖었다. 돌아보면 뉘우칠 일투성이지만, 그중 가장 마음 아프고 서럽고 후회스러운 일은 아내와 얼굴도 못 본 딸 빈가의 일이었다.

'힘든 세상에서 고생을 모르는 백지상태로, 자신이 온 곳으로 되돌아간 빈가의 삶이 오히려 더 행복한 것은 아니었을

---

31) 사금파리: 사기그릇이 깨져 생긴 작은 조각.

까.'

가릉은 아내와 빈가와 함께 김이 모락모락 올라오는 밥상에 둘러앉아 환하게 웃는 모습을 그려보았다. 그러고는 부질없는 생각을 한숨으로 털어낸 후, 새벽이 오기 전 깨끗한 옷을 챙겨 시냇가로 향했다. 어둠을 뚫고 푸근한 달빛이 가릉이 가는 길을 앞서 나갔다. 골짜기로 접어들자 콸콸 흐르는 물소리가 하얀 달빛을 타고 들려왔다. 가릉은 무릎까지 담기는 냇가로 들어가 가부좌를 틀고 앉아 수건으로 물을 적셔 온몸 구석구석을 정성스럽게 씻어냈다. 이후 물 밖으로 나와 정결한 예식을 치르듯 몸에 묻은 물기를 정갈하게 닦아냈다.

"꾹꾹 꾹꾸!"

부지런한 쑥국새가 낮은 목소리로 칭얼거렸다.

"콸콸! 줄줄! 또르르륵!"

냇물은 휴식도 없이 다양한 목소리로 화답했다. 가릉은 그릇에 깨끗한 물 한 대접을 뜨고는, 물소리와 쑥국새가 들려주는 어울림에 귀를 모으다가 주위를 둘러보았다. 아름답다 못해 시리울 정도로 서러운 푸른빛 풍광이었다.

새벽이 오기 전, 세상은 아주 잠깐 가장 어두워졌다. 가릉이 가마터에 도착하는 동안, 새벽을 감쌌던 푸른빛은 슬그머니 흩어지고 주변은 점점 연붉은빛으로 채워져 갔다.

가릉은 가마에서 불이 붙어 있는 장작을 꺼내와 거푸집을 살폈다. 온몸과 온 마음을 다해 자신이 직접 도안한 종 무늬가 아름답게 새겨져 있는 모습이 눈에 들어왔다. 가릉은 다시 한 번 꼼꼼히 거푸집 이쪽저쪽을 확인한 다음, 깨끗한 옹기 위에 정화수를 내려놓고 마음을 다해 절을 올렸다.

'부디 불쌍한 아내와 빈가가 극락왕생하기를!'

'부디 저의 마지막 소원을 들어주시기를!'

가릉은 정성을 다해 빌고 또 빌었다. 여명을 뚫고 두런두런 사람들의 목소리가 가늘게 들려왔다. 부지런한 문하생 몇이 벌써 가마터로 올라오는 소리였다. 예정보다 시간이 지체된 것이다. 가릉은 생을 잡고 있는 끄나풀을 마지막까지 풀어내지 못한 자신에게 슬쩍 쓴웃음을 보냈다.

가릉은 가벼운 마음으로 걸음을 옮겨 가마 불의 온도를 확인한 다음, 신발을 가지런히 벗어 놓고 망설임 없이 쇳물이 끓고 있는 가마솥으로 걸어 들어갔다. 마치 쇠붙이가 자석에 끌려가듯, 철새들이 나무 숲속으로 휙 빨려 들어가듯. 순간 병풍처럼 둘러싸인 산자락 밑에서 물안개가 피어올랐다. 소슬바람이 능선을 따라 늘어져 있는 물푸레나무를 건들고 지나가자, 골짜기는 향기로 그득해졌다. 커다란 졸참나무 가지 끝에서 졸고 있던 새 한 마리가 청아한 목소리를 다듬더니 산 위 폭포를 향해 가쁜 날갯짓을 했다.

능선에서 겉 형틀을 떼어낸 사람들은 긴장된 모습으로 종의 겉면을 살폈다. 상대와 하대에는 반원으로 된 연꽃이 곱게 그려져 있고, 종복에는 관음보살이 아이를 안고 살포시 웃음 지으며 서 있었다.

'가릉의 아내와 빈가로구나!'

대번에 그들의 얼굴을 알아본 길석은 자기도 모르게 속으로 부르짖었다. 그런 다음 철렁 내려앉은 가슴을 남몰래 쓸어 올리며 가만히 마음을 다독였다.

잠시 후 길석이의 구령에 따라 사람들은 종을 매달고는 하늘을 향해 심호흡을 했다. 길석은 엄숙하게 타종을 했다.

"데-에-엥----데-에-엥---!"

이제껏 듣지 못했던 청아하고 맑은 종소리가 종복을 뚫고 나와 긴 여운을 남기며 퍼져 나가자 사람들은 더욱 숙연한 표정으로 옷깃을 여몄다. 길석과 그들은 온몸과 온 마음으로 기원했다.

'대자 대비하신 부처님이시여, 저희 미천한 중생들을 구원하여 주옵소서!'

'관세음보살이시여! 가릉과 아내 그들의 딸을 받아주셔서 극락왕생케 하옵소서!'

"데-에-엥----데-에-엥---!"

"데에엥!---밀-레--!"

가릉이 내는 천상의 음악 소리는 긴 떨림을 남기며 사람들의 발원[32]과 함께, 때마침 멀리서 들려오는 빈가의 소리를 담아 천천히 하늘로 올라가고 있었다.

---

32) 발원: 신이나 부처에게 소원을 빎.

자신의 길을 찾아가고 있는 여러분에게

여러분은 지금 어떤 길을 걷고 있나요? 그 길이 자기 자신이 원해서 가는 길인가요, 아니면 누가 시켜서 가는 길인가요? 그것도 아니면, 자신의 길이라는 숙명을 자각했기 때문에 걸어가고 있는 것인가요?

사람의 한 평생을 '길을 가는 것'에 비유해 볼 수 있지요. 누가 시켜서 가는 길이 있고, 스스로 원해서 찾아가는 길이 있으며, 어쩔 수 없이 가야만 하는 숙명의 길이 있어요. 길을 가는 방법에도 세 가지가 있어요. 남이 닦아 놓은 길을 가는 방법, 다른 사람과 함께 길을 만들면서 가는 방법, 자기 혼자만의 길을 찾아가는 방법이지요.

가릉은 종을 만드는 장인이에요. 가릉이 살던 통일신라시대는 자신이 선택해서 직업을 갖는 것이 제한되어 있던 신분제 사회였어요. 이렇게 보면 가릉이 종 만드는 직업에 종사하게 된 것은. 아마도 조상들이 그 일을 했기 때문일 거예요. 국가가 시켜서 갖게 된 직업일 것이라는 말이지요. 가릉은 종 만드는 일을 처음에는 어쩔 수 없이 했지만, 점차 좋아하게 됩니다. 그래서 더 맑고 우렁차고 깊은 소리를 내는 종을 만들려고 좌충우돌하다가, 급기야 아내와 태어날 자식을 서라벌에 두고 당나라 유학길에 올라요. 신종을 만들고자 하는, 종소리에 사로잡힌 영혼이 된 것이지요.

'길을 가다.'는 '길'이라는 명사와 '가다'라는 동사가 결합하여 '길을 가고 있다.'라는 의미를 가져요. 그래서 '길을 가다.'라는 말을 이해하기 위해서는 '길'이라는 단어와 '가다'라는 단어를 각각 알아야 해요. 또 그 두 단어가 결합하여 형성하는 의미를 살펴보아야 하지요.

'길'이라는 단어는 두 가지 의미로 살펴볼 수 있어요. 먼저 일차적 의미로는 도로를 말해요. 이것은 누구나 사용하는 물리적인 길이지요. 사람은 걷기 시작하면서 길을 사용해요. 친구를 만나러, 공부하러, 일하러, 구경하러 등등의 실용적 목표를 달성하기 위해 '길'을 사용하지요.

그러나 '길'이라는 단어는 비유와 상징을 담은 말로 훨씬 더 널리 쓰여요. '자식으로서의 길과 부모로서의 길', '학생으로서의 길과 선생으로서의 길', '삶의 길과 죽음의 길', '깨달음의 길', '꿈과 희망, 목표로서의 길', '이웃이나 생명체와 더불어 살아가는 길', '사람이 마땅히 지켜야 할 법이나 도리로서의 길' 등이 그것이지요.

어느 정도 성취를 이룬 가릉은 아내와 자식이 염려되어 서라벌로 돌아오지요. 그런데 가릉이 당나라에서 고군분투하는 동안에 태어난 딸, 빈가는 희생양이 되어 쇳물 속으로 던져져 종소리가 되어 버렸어요. 아내는 자기 목숨보다 소중한 딸 빈가를 빼앗긴 통에 정신이 나가 헤매다가 결국 저수지에서 익사체로 발견되고요.

자칫 '길'이라는 단어는 추상적인 뜻으로 제한될 위험성이 있는 단어예요. 이에 반해, '가다'라는 동사는 몸을 움직이거나 마음을 내어 뭔가를 향해 다가가는 실재에 해당하는 단어랍니다. 즉 실행이 없으면 의미를 가질 수 없는 단어인 것이지요. 가령이 신라와 당나라의 종소리, 옛 선조들이 만든 소리와 미래를 미리 엿본 종소리, 그리고 자신 밖과 안에서 울리는 종소리, 깨어 있을 때와 꿈에서 듣는 종소리까지를 찾아 헤맨 것은 바로 '가다'라는 단어의 실천적 의미랍니다.

국가가 시켜서 어쩔 수 없이 종 만드는 자의 직업을 가져야 했던 가령. 그럼에도 점차 자신이 원해서 종 만드는 일을 하게 된 가령. 그는 마침내 아내와 자식의 죽임 당함 앞에서 종 만드는 길을 숙명으로 수용하게 됩니다. 종 만드는 일이 자신의 운명이 된 것이지요.

억지로 주어졌든 좋아서 시작했든 아니면 운명으로 다가왔
든 우리는 그것을 자신의 숙명으로 받아들여야 합니다. 혼자
서 가야만 하는 길은 아무에게나 주어지는 행운은 아니지요.
가릉은 종소리를 찾아 자신의 운명이 되어 버린 길을 걸어갔
어요. 그러다 결국 아내와 빈가와 하나의 소리로 합하게 되
고, 그리하여 마침내 모두의 소리로 탄생하였지요.

　지금까지 여러분은 『가릉빈가』라고 하는 독서기행을 하였
습니다. 어떤 사람에게는 30분 정도의 길이었을 것이고, 어떤
이들에게는 1시간에 가까운 시간이 걸리는 기행이 되었을 것
입니다. 이렇게 시간차가 나는 것은, 이 글이 통일신라시대를
배경으로 하고 있기 때문이지요. 내용적으로는 종과 불교에
관련된 전문 용어를 담고 있고요. 그래서 여러분에게 쉽게 읽
히지 않는 단어가 많았을 것으로 생각됩니다.
　그럼에도 불구하고 이 동화를 쓰게 된 배경은, '사람에게는
누구나 자기만의 길이 있다.'라는 것을 전하고 싶었기 때문이
에요. 부디 이 책이 전하고자 하는 바가 잘 전달되었기를 바
랍니다.

부록

성덕 대왕 신종의 부분 명칭

용뉴(종뉴): 종을 매다는 고리.

음관(음통): 대롱 모양의 관.

천판: 용뉴와 음관이 있는 넓고 편평한 종의 윗부분.

견대: 천판 바깥쪽을 돌아가며 새겨 넣은 장식 띠.

상대: 종 윗부분에 장식한 띠.

유두: 연꽃봉오리 모양을 한 튀어나온 장식.

유곽: 유두를 싸고 있는 네모로 장식한 띠.

당좌: 종을 치는 자리.

하대: 종구 부분에 새겨진 장식 띠.

종구: 종 아랫부분에 터진 입구 부분.

〈출처: 문화재청〉

성덕 대왕 신종의 여러 문양

비천상 탁본
〈출처: 국립중앙박물관〉

비천상
〈출처: 경주국립박물관〉

상대의 유곽과 유두

용뉴와 음관

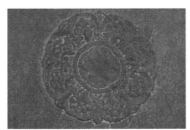

당좌 무늬

하대 무늬

범종을 만드는 과정

6. 불을 때서 내부의 밀랍을 녹인다.

5. 이암, 황토, 모래를 적당히 혼합하여 바른다.

4. 2번의 밀랍 문양 판을 3번 위에 붙인다.

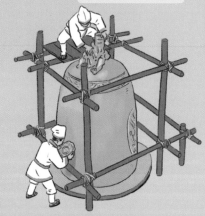

3. 나무로 종의 골조를 세우고 새끼줄이나 삼끈으로 칭칭 감은 후, 그 위에 밀랍을 바른다.

2. 이암에 문양을 음각으로 조각한다.

1. 가마솥에 밀랍을 넣고 가열하여 액체로 만든다.

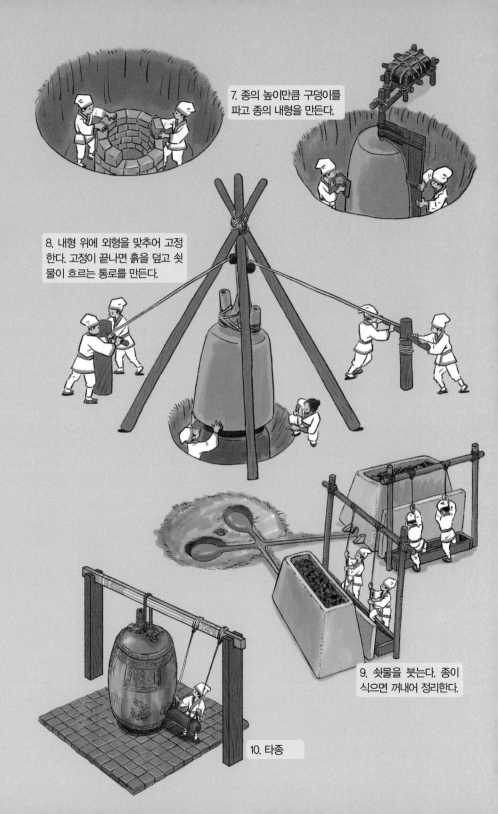

7. 종의 높이만큼 구덩이를 파고 종의 내형을 만든다.

8. 내형 위에 외형을 맞추어 고정한다. 고정이 끝나면 흙을 덮고 쇳물이 흐르는 통로를 만든다.

9. 쇳물을 붓는다. 종이 식으면 꺼내어 정리한다.

10. 타종